U0522682

学生国学丛书新编

主编 王 宁
顾问 顾德希

温庭筠诗

吴遁生 选注
洪 帅 校订

商务印书馆
The Commercial Press

学生国学丛书新编

主　　编：王　宁
顾　　问：顾德希
特约编辑：周剑之
审 稿 组：党怀兴　董婧宸　凌丽君
　　　　　　赵学清　周淑萍　周玉秀

总序之一
——在阅读中走近中华优秀传统文化

王　宁

王云五、朱经农主编的《学生国学丛书》，是一套为中学生和社会普及层面阅读古代典籍所做的文言文选本。它隶属在王云五做总主编的《万有文库》之下，1926年开始陆续由商务印书馆出版。20世纪20年代开始策划时，计划出60种，后来逐渐增补，到1948年据说已经出版了90种；因为没有总目，我们现在搜集到的仅有71种。由于今天弘扬中华优秀传统文化和提高文言文阅读能力的社会需要，我们决定对这套丛书进行适应于现代的加工编辑，将它介绍给今天的读者。

在推介这套丛书的时候，我们保存了原编的主要面貌：选书与选篇基本不变，将原书绪言保留下来，每篇选文原注所选的注点，也作为这次新编的重要参考。这样做是为了尽量借鉴前贤的一些构思和做法，并保留当时文言文阅读水平的基本面貌，作为今天的参考。

《学生国学丛书》是本着商务印书馆"昌明教育，开启民智"的一贯宗旨编选的，阅读群体应当主要是当时的中学生。20年代的中学生阅读文言文的水平显然比今天高一些，因为那时阅读文言文的社会环境与现在不同，虽然白话文已经通行，但书信、公文、教科书和报刊中，都还保留了不少文言文。国文课的师资，很多也是在国学上有一些根柢的文士。在知识界和语文教育界，文言文阅读还不是什么难事。今天，文言文阅读水平既关系到继承和弘扬中华优秀传统文化的效能，又关系到现代社会总体人文素质的提高，应当达到什么程度最为合适？民国时期是可以作为一个基准线的。

《学生国学丛书》体现了20世纪之初一些爱国的出版家和教育家把中华优秀传统文化传承给下一代的情怀、理想和实干精神。他们策划这套丛书的宗旨和编则，可资借鉴的地方很多，他们的实践经验、教育精神和国学学养值得我们学习的地方也很多。这一点，是我们了解了丛书的主编和40多位编选者的情况后感受到的。

丛书的主编王云五、朱经农，都是我国20世纪初爱国、革新的出版家。王云五主编《万有文库》，开创了我国图书出版平民化的新纪元，体现了新文化运动中普及文化教育的先进思想。《学生国学丛书》是《万有文库》里专门为中学生编选的，目的是将弘扬民族文化精华的理念带入初等教育，这在当时不能不说是有远见的。两位主编不论在反对封建帝制的革命中，还是在民族危难的救国图强斗争中，都有可圈可点的事迹，值得钦佩。与两位主编合作的40多位编写者，多是辛亥革命的参与者和新文化运动的前沿人物。他们熟悉古代文典，对中国文化理解通透，领悟深刻，又有强烈的反封建意识；其中很多都在中小学教育领域里有过丰富的实践经验，教过国文，编过教材，研究过教法。这里有我们十分熟悉的教育家和文学家，如我国现代教育特别是语文教育的领军人物叶绍钧（他后来的名字是叶圣陶），新文化运动的先驱者、中国革命文艺的奠基人之一、著名作家茅盾（他当时的名字是沈德鸿，后来为大家熟悉的姓名是沈雁冰）。这两位，多篇作品都被收入中学语文课本，20世纪50年代以后的老师、同学是无人不知的。其他如著作丰厚、名震一时的藏书家胡怀琛，国学根柢深厚、考据功底极深、《中国人名大辞典》《中国古今地名大辞典》的主要编写人臧励龢，我国语文教育的改革家庄适等。

20世纪初的中国社会，多种文化思潮纷纭杂沓：改良主义者提出"师夷制夷""严祛新旧之名，浑融中外之迹"的折中主张；历史虚无主义者在"全盘西化"的徽帜下将西方的一切甚至文化垃圾照单全收；殖民主义文化论者叫嚣中国道德一律低级粗浅，鼓吹欧洲人生活方式总体文明高超；另一方面，封建复辟野心家的代言人则一味复古，用古代的文化糟粕来抵抗新文化的建构。这些，都对比出爱国的出版家、学问家、教育家既要固本又要创新的理想和实践精神的可贵；也让我们认识了新文化运动及革命文学的前沿人物坚守教育阵地的不懈努力，懂得了他们的编纂意图和深厚学养。保留丛书主要面貌，就是对他们成果的尊重和信任。

随着中华优秀传统文化的广泛传播，随着中小学语文教学改革的深入发展，在读书成为教师、家长和渴求文化的大众普遍要求之时，文言文阅读将会是其中一个重要的内容。有人说，文言只是一种古代的书面语，口语交际和现代文本已经不再使用，我们为什么还要学习文言文呢？在推介这套丛书的时候，我们有必要来回答这个问题。

文言是古代知识分子和正统教育使用的书面语言，具有超越时代、超越方言的特性，因而也同时具有了记载数千年中华民族灿烂文化的主要功能，它是与中华民族文明史共存的。许慎《说文解字叙》说汉字的作用是"前人所以垂后，后人所以识古"，这两句话即是对汉字记录的文言说的。我国历史悠久，文化遗产丰富，用文言记录的历史文献，用文言撰写的文学作品，多到不可计数，只有学习它，才能从古知今，以史为鉴。文言所记录的，不仅是古代社会的典章制度和政治经济，还有先贤哲人的人生经验和思想哲理，让我们看到中华民族一代又一代人的智慧。想想看，如果我们及早领会了古人"斧斤以时入山林"的采伐规则，便不会过度开发建材，造成那么多秃山荒岭，把气候搞得这样糟糕。我们读过也理解了"今之孝者是谓能养。至于犬马，皆能有养。不敬，何以别乎"这段话，就会在对待长者时，把他们的尊严看得和他们的生计同等甚至更加重要！"防民之口甚于防川""水能载舟亦能覆舟"，这是对阻塞言路者多么深刻的警醒。在道德重建的今天，中国传统道德中"己所不欲勿施于人"的利他主义，"爱民""富民""民为重"的民本思想，"以不贪为宝"的清廉品德，"志士不忘在沟壑，勇士不忘丧其元"的大义凛然态度，"吾日三省吾身"的自律精神，"君子怀刑"的守法意识，……这些，即使在今天的一般阅读中，也已经深入人心。可以想见，进入深度阅读后，我们一定会受到更多的启迪，在阅读中产生更多的惊喜。著名的国学大师、革命家和思想家章太炎，1905年7月15日在东京留学生欢迎会上演讲时说："近来有一种欧化主义的人，总说中国人比西洋人所差甚远，所以自甘暴弃，说中国必定灭亡，黄种必定剿绝。因为他不晓得中国的长处，见得别无可爱，就把爱国爱种的心,一日衰薄一日。若他晓得,我想就是全无心肝的人,那爱国爱种的心,必定风发泉涌,不可遏抑的。"阅读文言文,就是要使我们具有这种文化自信。是的,遗产是有精华也有糟粕的,古代的未必都适合今天;我们只有真正读懂文典,将历史面貌还原,再有了正确的价值观,才能辨析断识,而不是道听途说,更不会受人蛊惑。在这个意义上,文言文阅读作为吸收中华优秀传统文化的必要途径,绝不是可有可无的。

文言文阅读是产生汉语正确语感的一个重要源泉。汉语不是一潭死水,从古到今,不知吸收了多少其他民族的词汇和句法,也曾经夹杂着很多不雅甚至不洁的成分;但是,文言经过数千年的洗涤、锤炼,已经渐渐将切合者融入,不切合者抛弃。经过大浪淘沙、优胜劣汰而能流传至今的美文巨制,会更加显现汉语的特点。而现代汉语刚刚一个世纪,在根柢不深、修养不佳的人们的口语里、文辞中,常常会受外语特别是英语的影响,受不健康的市井俚语的侵染,产出一种杂糅的语言。我们想在运用现代汉语时真正体现出汉语的特点,比如词汇丰富、句短意深、注重韵律、构造灵活等,提高用健康、优美的汉语表达正确、深刻的思想的能力,文言会带给我们一些天然的汉语语感。热爱自己的本国语言,不断提高运用汉字汉语的能力,这是每一个人文化素养中最重要的表现；克服语言西化、杂糅的最好办法，是在学习规范、优美的现代汉语的同时，对文言也有深入的感受和体验。

文言文阅读还是从根本上理解现代汉语的重要条件。人们都认为现代汉语与文言差别很大，初读时甚至感到疏离隔膜、难以逾越。其实，汉语是一种词根语，词汇和语义的传衍非常直接，文言中百分之七十的词汇、词义，在现代汉语的构词法里都能找到。在书面语里，文言单音词的构词能量有时会比口语词更强。经过辗转引用积淀了深厚文化底蕴的典故、成语，成为使用汉语可以撷取的丰富宝库。如果我们对文言一无所知，是很难深入理解现代汉语的。有些人认为，在语文教学中现代文阅读和文言文阅读是两条线，其实，在词汇积累层面上，应该把它们并成一条线。学习文言与学习现代汉语，在积累词汇、理解意义、体验文化、形成语感方面是相辅相成的。

在推介《学生国学丛书》的时候，我们也有另外一重考虑。这套丛书毕竟经过了将近一个世纪，时代和社会都发生了根本的变化，我们有了更加明确的核心价值观和适应于现代的审美意识，语言、文字、文学、文献、教育都有了更新的研究成果，对丛书进行适度的改编，也是绝对必要的。所以，这次新编，我们主要做了五项工作：第一，为了今天在校学生和普通读者阅读的方便，改竖排为横排，标点符号也随之改为现代横排的规范样式。第二，变繁体字为简化字，在繁简转换的过程中，对在文言文语境中有可能产生意义混淆的用字，做了合理的处理。第三，采用今天所见较好的古籍版本对原书的选文进行了审校，订正了文句的错、讹、脱、衍。第四，对原书的注释进行了修改、加工、调整，使注释更加准确、易懂，对地名和名物词的解释，也补充了最新的资料。第五，撰写了新编导言，放在原书绪言的前面。原编者和新编者对同一部书和同一篇文的看法，或所见略同，或相辅相成，或角度各异，或存在分歧，都能促进阅读者的思考和讨论，引发延展性学习，带动更多篇目和整本书的阅读。

《学生国学丛书》本来是一套开放的丛书，我们还会根据教学和读者的需要，补充一些当时没有被选入的优秀古代典籍的选本，使新编的丛书不断丰富。

我国每年有将近两亿的青少年步入基础教育，一个孩子有不止一位家长，这是一个多么庞大的读书群体。将一个世纪以前的《学生国学丛书》通过新编激活，让它走进一个新的时代，更好地发挥它在语文教育和弘扬我国优秀传统文化中的作用，这是我们之所愿，也希望能使编写这套书的前辈们夙愿得偿。

总序之二
——植入健康的文化基因

顾德希

优秀的传统文化是中国人的精神家园。学生多读些国学典籍，将有助于把优秀传统文化的基因植入肌体。王宁老师的"总序"，对本丛书的这一编辑意图已有深入全面的阐释，我打算就如何阅读这套丛书，或者说如何阅读文言文，做些补充性说明。

这套丛书的每一本，都专门写了新编导言。这是今日读者和原书连接的桥梁。人们常把桥梁喻为过河的"方法"，所以也可以说，新编导言之所谓"导"，就是力图为各类学生和更多读者提供一些阅读的方法。

这套丛书有好几十本，都是极有价值又有相当难度的国学经典，如不讲究阅读方法，编辑意图的实现会大打折扣。但这些经典差异性很大，《楚辞》和《庄子》的阅读肯定很不同,《国语》和《周姜词》的阅读方法差别就更大,即使同是词,读《苏辛词》与《周姜词》也不宜用完全相同的方法。因此本丛书新编导言所提供的阅读方法,针对性很强,因书而异。但异中有同,某些共性的方法甚至更为重要。不过,这些共性的方法渗透在每一篇导言中,未必能引起足够重视。下面,我想谈谈文言文阅读的四个具有共性的方法。

一、了解作者和相关背景,了解每本书的概貌,对每本书的阅读都很重要,这毋庸置疑。但一般读者了解这类相关知识,目的仅在于走近这本书。因而涉及作者、背景、概貌等,导言中一般不罗列专业性强的知识,而诉诸比较精要的常识性叙述。比如对《吕氏春秋》作者吕不韦,并没有全面介绍,也没有像过去那样从伦理道德上对这个历史人物加以贬抑,而只侧重叙述了他作为政治家的特点,因为明乎此便很有助于了解《吕氏春秋》。又如《世说新语》的成书背景有其特殊性,也需要了解,但限于篇幅,叙述的浓缩度很大。凡此种种必要的常识,新编导言里一般是点到为止,只要细心些,便不难从中获得多少不等的启发。兴趣浓厚者,查找相关知识也很容易。

二、借助注解疏通文本大意之后,就要反复诵读。某些陌生的词句,更要反复诵读。一句话即使反复诵读二十遍也用不了两三分钟，但这两三分钟却非常重要。

"诵读"是出声音的读，但并不是朗诵。大家所熟悉的现代文朗诵，不完全适用于文言诗文。朗诵往往是读给别人听，诵读却是读给自己听。古人所谓"吟咏"，是适合于当时人自己感悟的一种诵读。今天的诵读，用普通话即可，节奏、抑扬、强弱、缓急，都无客观规定性，可随自己的感受适当处理。如果阅读文言文而忽略了诵读，效果至少打一个对折。不念出声音的默读，是只借助视觉器官去感知；出声音的诵读，是把视觉、听觉都动员起来的感知，其所"感"之强弱不言而喻。而且一旦读出声音，就让声带、口腔等诸多器官的运动参与进来了，凡诉诸运动器官的记忆，最容易长久。会骑车的人，多年不骑，一登上车还是会骑。因为骑车的感觉是一种运动记忆。文言语感的牢固形成与此类似。古人所谓"心到、眼到、口到"之说，实在是高效形成文言语感的极好方法。不管是成篇诵读，片段诵读，还是陌生词句的反复诵读，都是提升文言文阅读能力的好办法。本丛书的每一篇新编导言并未反复强调"诵读"，但各种阅读建议无不与某些片段的反复读相关。既读，就要"诵"，这是文言文阅读的根本方法。

三、应用。这是与文言翻译相对而言的。把文言文阅读的重点放在"翻译"上，副作用很多。一是不可避免信息的丢失。概念意义、情味意蕴，都会丢失。课堂教学中让学生把一篇文言文从头到尾"对号入座"地搞翻译，是文言教学中的无奈之举。一句一句，斤斤计较于文言句法词法和现代汉语的异同，结果学生的诵读时间没有了，刻意去记的往往是别别扭扭的"译文"，而精彩的原文反倒印象模糊，这不是买椟还珠吗！所以，在疏通大意、反复诵读的同时，一定要重视"应用"。应用，就是把某些文言词句直接"拿来"，用在自己的话语当中。比如，在复述大意时，在谈阅读感受理解时，不妨直接援引几句原话。如果能把原文中的某些语句就像说自己的话一样，自然而然地穿插到自己的述说中，那就是极好的应用。本丛书新编导言中援引原作并有所点评、有所串释、有所生发之处很多，但绝不搞对号入座的翻译，这不妨看作文言文阅读方法的一种示范。新编导言中有很多建议，要求结合作品谈个什么问题，探究个什么问题，都不同程度地含有这种"应用"的要求。

四、坚持自学。这套丛书，为学生自学文言文敞开了大门。学生文言文阅读的状况永远会参差不齐。同一个班的高中生，有的已把《资治通鉴》读过一遍，有的能写出相当顺畅的文言文，但也有的却把"过秦论"读成"过奏论"，这是常态。只靠面对几十个人的文言课堂讲授，几乎不可能使之迅速均衡起来。只有积极倡导自主性学习，才可能有效提高教学质量。本丛书的新编导言，高度重视对文言自学的引导。每篇新编导言都就怎样去读提出许多建议。这些建议有难有易，不是要求每一个人全都照着去做。能飞的飞，能跑的跑，快走不了的慢走也很好。新编导言在"导"的问题上，从不同层次上提出不同建议，相信各类学生都能找到适合自己的要求。只要选择适合自己或者自己感兴趣的要求，坚持不懈去"读"，去"用"，文言文的自学一定会出现令人惊喜的成果。从这个意义上说，本丛书的每一本，都是适合于各类读者自学国学经典的好读本。每一本中经过精心处理的注解，是自学的好帮手；而每一篇新编导言，又都可对自学起到切实的引导作用。只要方法对，策略恰当，那么这套丛书肯定能帮助我们有效提高文言文阅读水平。

目前，在深化高中语文课改的大背景下，很多学校高度重视突破过去那种一篇篇细讲课文的单一教学模式，开始重视"任务群"的学习，重视整本书的阅读，重视选修课的开设，重视校本课程的建设。在这样的大背景下，如果学校打算从本丛书中选用几本当作加强国学教育的校本教材，那么"新编导言"对使用这本书的教师来说，也可起到某种"桥梁"作用。

不管用一本什么书来组织学生学习，都必须对学生怎样读这本书有恰当引导。这是提高教学质量的一定不移之理。恰当的引导，要有助于各类学生更好地进入这本书的阅读，要有助于各类学生更好地开展自主性学习，要使之在文本阅读中进行有益的探究，并获得成功的喜悦。为了使新编导言的"导"能起到这样的作用，本丛书专门组织了多位一线优秀教师先期进入阅读，并把成功教学经验融入新编导言。因此，我们有理由相信，新编导言可以成为组织学生学习活动的有益借鉴。导言中结合具体作品对阅读所做的那些启发、引导，针对不同水平读者分层提出的那些建议，都将有助于教师结合自己学生的实际情况进一步拟出付诸实施的具体导学方案。

我相信，只要阅读文言文的方法恰当，只要各类读者从实际情况出发，循序渐进地学，优秀传统文化的基因就一定能更好地植入肌体。

目　录

新编导言 …………………………………… 1

原书绪言 …………………………………… 9

鸡鸣埭曲一作歌 …………………………… 15

遏水谣 ……………………………………… 17

锦城曲 ……………………………………… 18

张静婉采莲曲并序○曲一作歌 …………… 19

公无渡河 …………………………………… 22

塞寒行 ……………………………………… 23

兰塘词 ……………………………………… 24

故城曲 ……………………………………… 25

谢公墅歌 …………………………………… 26

罩鱼歌 ……………………………………… 27

达摩支曲 …………………………………… 28

湘东宴曲 …………………………………… 30

会昌丙寅丰岁歌	31
碌碌古词	32
春野行	33
醉歌	33
江南曲	35
惜春词	38
苏小小歌	38
春晓曲	39
西州曲一作词	40
和沈参军招友生观芙蓉池	41
秋日	42
七夕歌	44
酬友人	45
边笳曲	46
侠客行	47
春日野行	47
中书令裴公挽歌词二首（录一）	48
秘书刘尚书挽歌词二首（录一）	49
送李亿东归	50
赠蜀将	51

西江贻钓叟骞生 …… 52

寄清源寺僧 …… 52

重游圭峰宗密禅师精庐—作哭卢处士 …… 53

题李处士幽居 …… 54

利州南渡 …… 55

李羽处士寄新酝走笔戏酬 …… 56

南湖 …… 57

题西明寺僧院 …… 57

哭王元裕 …… 58

法云双桧—作晋朝柏树 …… 59

春日偶作 …… 60

马嵬驿 …… 60

题望苑驿 …… 61

题柳 …… 62

和友人悼亡 …… 63

池塘七夕—作初秋 …… 63

寄河南杜少尹 …… 64

赠知音—作晓别 …… 65

过陈琳墓 …… 66

题崔公池亭旧游—作题怀贞亭旧游 …… 67

回中作	67
西江上送渔父	68
七夕	69
题韦筹博士草堂	69
经李征君故居	70
送崔郎中赴幕	71
经旧游	72
老君庙	73
经五丈原	74
蔡中郎坟	75
题友人居	75
咸阳值雨	76
弹筝人一作赠弹筝人	76
瑶瑟怨	77
渭上题三首（录一）	77
经故翰林袁学士居	78
题城南杜邠公林亭 时公镇淮南，自西蜀移节	78
宿城南亡友别墅	79
过分水岭	79
题河中紫极宫	80

赠张炼师·················80
过华清宫二十二韵·················81
巫山神女庙·················86
地肺山春日·················86
处士卢岵山居一作题卢处士居·················87
早秋山居·················87
赠越僧岳云二首（录一）·················87
咏山鸡·················88
商山早行·················88
题竹谷神祠·················89
送人东游一作归·················90
偶题·················90
寄山中人·················91
赠僧云栖·················92
题造微禅师院·················92
卢氏池上遇雨赠同游·················93
过新丰·················93
过潼关·················94
苏武庙·················95
寄岳州李员外远·················96

春日访李十四处士……………………96
雪二首（录一）……………………97
龙尾驿妇人图………………………98
寒食节日寄楚望二首（录一）………98
杨柳枝八首（录四）…………………99

新编导言

温庭筠是第一个专力填词的词人,是花间派的鼻祖,开创了婉约派词风。世人把他与晚唐前蜀词人韦庄并称为"温韦"。因《花间词》流传颇广,世人皆知温庭筠是词人,而其诗名却隐而不显。其实温庭筠作品以诗为主,今人刘学锴《温庭筠全集校注》收录温庭筠的诗、词、文及小说,共十二卷,其中诗九卷(330余首),词(69首)、文(34篇)、小说(《乾𦠆子》33则)各一卷,足见诗歌在温庭筠作品中的重要地位。

温庭筠是晚唐重要诗人,因其诗歌与李商隐在内容、风格上很相似,故时人并称"温李"。后人还把他与李商隐、杜牧、许浑并称为晚唐四大诗人。我们今天阅读温庭筠诗要注意什么呢?我们能从温庭筠诗中学到什么呢?

一 先知其人

《孟子·万章下》："颂其诗，读其书，不知其人，可乎？是以论其世也。"温庭筠早年博览群书，钻研儒家经典，具有远大的抱负。他在《书怀一百韵》中言"采地荒遗野，爰田失故都""奕世参周禄，承家学鲁儒"，可见他自幼诵读儒家经典，吸取了儒家积极进取、建功立业的思想。其诗《郊居秋日有怀一二知己》曰"自笑谩怀经济策，不将心事许烟霞"，表现了自己的安邦济民之志，没有归隐山林的烟霞之心。其骈文《上杜舍人启》言"某弱龄有志，中岁多虞"，表明其年轻时就有宏大的志向。可见温庭筠出身书香世家，受儒家入世思想的影响，拥有治国安邦的理想，并非史书所言的自甘沉沦。

但温庭筠中年却频遭不幸，多次参加科举考试，但屡试不第，困顿科场，只做过县尉、国子监助教这样的小官，始终未能施展抱负。坎坷的仕途使温庭筠具有叛逆性格和反传统思想。他作风浪漫，《旧唐书·温庭筠传》称其"士行尘杂""与新进少年狂游狭邪"。他更多关注个人的生活享受，将自己置身于市井俗民之中，常常出入秦楼楚馆。甚至以文为货，代人考试，作弊科场，这都偏离了儒家士人的人格，不符合儒家正统社会的为人标准。这也是元明清以后对温庭筠诗歌评价不高的原因。当然这不是文学角度的评价，道德因素占了很大的比重。今天我们阅读、欣赏温庭筠的诗歌要避开政治、道德、声誉等外在因素的影响，从文学艺术的角度客观地评价他的成就和影响。

只有了解温庭筠一生蹭蹬、壮志难酬的经历，才能更好地理解他的诗歌。咏史怀古是诗歌的重要题材。诗人通过对史实的反思和关照以借古讽今、怀古伤时，表达自己对现世的思考。《过陈琳墓》是作者经过徐州陈琳墓时有感而作。陈琳曾为袁绍写过讨伐曹操的战斗檄文，在袁绍失败后归附曹操，曹操却不计前嫌重用陈琳，使其得以施展才华、青史留名。他借此感慨自己怀才不遇、生不逢时。《经五丈原》取材于三国蜀相诸葛亮在五丈原与魏国对垒的历史事件，借古喻今，表达了文人无法挽救国家的苦闷与无奈。东汉蔡邕博学多才，虽身处乱世，仍然受到皇帝和大臣的敬仰，而自己满腹才华却不被人看重。《蔡中郎坟》借古讽今，表达了对人才埋没、无人赏识的黑暗现实的愤慨。

二 再论其世

我们要读懂温庭筠诗，还要了解晚唐的社会环境。晚唐藩镇割据，民生凋敝，国家处于风雨飘摇之中。这些都给温庭筠以深刻的影响，并表现在他的诗歌中。同为边塞诗，盛唐边塞诗雄浑壮阔，积极向上，朝气蓬勃，如王昌龄《从军行》"黄沙百战穿金甲，不破楼兰终不还"的豪迈，岑参《白雪歌送武判官归京》"忽如一夜春风来，千树万树梨花开"的浪漫，高适《别董大》"莫愁前路无知己，天下谁人不识君"的自信。这些在晚唐边塞诗中都很难找到。晚唐边塞诗更多的是对战争的反思和厌恶，如曹松《己亥岁二首》"凭君莫话封侯事，一将功成万骨枯"。

由于温庭筠身处晚唐，政治的黑暗、国运的衰落使得他的边塞诗没有了盛唐时期建功立业、名垂青史的豪迈，更多的是表达反战思想和对凄凉现实的哀叹。如《遐水谣》描写边塞战争的凄苦和戍边生活的艰辛，"麟阁无名期未归，楼中思妇徒相望"写功业难成的苦闷以及闺妇相思的失落。又如《回中作》在描绘边塞苍茫雄浑的基础上抒写征夫怨妇的离愁别绪，情调悲壮苍凉，表现出边塞诗清新峭拔的特质。

三　理解用典

温庭筠博览群书，熟读典籍，写诗喜欢用典，而且用得精巧。《鸡鸣埭曲》的典故来自《南齐书》。该诗以齐武帝鸡鸣即起来淫乐的史实借题发挥，讽刺南朝统治者的骄奢淫逸、春梦沉醉，而不知大厦将倾，借以批判晚唐的君主，表达了对历史的缅怀和慨叹。又如《题柳》"香随静婉歌尘起，影伴娇娆舞袖垂"，用晋朝名妓张静婉和东汉宋子侯《董娇娆》诗的名字描摹柳条随风飘舞、婀娜多姿的神态。

温庭筠诗中有的典故用得如盐入水，了无痕迹。如《赠张炼师》"他日隐居无访处，碧桃花发水纵横"，运用了范蠡功成身退、隐姓埋名的故事和陶渊明《桃花源记》中捕鱼人再寻桃源而不得的故事，把典故融入诗句中，不着痕迹。又如《经故翰林袁学士居》："剑逐惊波玉委尘，谢安门下更何人。西州城外花千树，尽是羊昙醉后春。"连用张华与雷焕、何充与庾亮、羊昙与谢安的三个典故，却无掉书袋之感，后两句还化用了刘禹锡《戏赠看花诸君子》"玄都观里桃千树，尽是刘郎去后栽"的诗句，用典之妙引人称赞。

《渭上题三首》之三"所嗟白首磻溪叟，一下渔舟更不归"，"磻溪叟"即周太公吕尚，曾垂钓于磻溪。这两句是说，可惜在磻溪垂钓的白头翁吕尚，因为追求荣华富贵、飞黄腾达，一下渔舟便再也不回磻溪了。这首诗真实地反映了士人的投机心态，即使隐居也是为了求得"终南捷径"。虽然江湖美景令人流连忘返，可汲汲于名利的心始终放不下，一有机会便会趋之若鹜，表现了温庭筠对这些人的鄙视和讽刺。

四　学习炼句

温庭筠长于炼句，工于对偶，有人称他"随题措辞，无不工致"。《唐诗纪事》记载了不少他随机应对的精彩例子。李商隐尝得一联"远比召公，三十六年宰辅"，不过一直没想出下联。温庭筠知道后，说："何不云'近同郭令，二十四考中书'。""召公"也作"邵公"，就是西周初年与周公共同辅佐周成王的召公奭，一生兢兢业业，做了三十多年的辅佐大臣。"郭令"是唐朝平定安史之乱的名将郭子仪，曾做过多年的中书令，主持官吏考核达二十四次，德高望重，被唐德宗尊为"尚父"。"郭令"与"召公"，一文一武，皆为朝廷重臣、官员表率。这两句对仗工整，李商隐知道后心服口服。温庭筠还曾以"苍耳子"对"白头翁"，二者皆是药名，且"白"和"苍"都是颜色词，"头"与"耳"都是身体部位词，"翁"和"子"都是亲属称谓，对仗极工，可见温庭筠的语言功力和敏捷才思。

读温庭筠诗，我们要学习温庭筠对语言的锤炼。温庭筠观察生活细致入微，描写景物惟妙惟肖。《商山早行》"鸡声茅店月，人迹板桥霜"，诗句中只有名词，代表十种景物。诗人用一系列的意象描写早晨静谧的商山，非常紧凑。在鸡的鸣叫声中，看到了路边的茅店、清冷的月光、板桥上的足迹和霜露。一个个意象自然真切，刻画了一幅静美的山野晨景，真实地传达了羁旅生活体验。明朝李东阳《麓堂诗话》评价该句说："不用一二闲字，止提掇出紧关物色字样，而音韵铿锵，意象具足。"《咸阳值雨》也是一首脍炙人口的诗歌，颇有生活情趣。"咸阳桥上雨如悬，万点空蒙隔钓船"更是为人称道。该句写雨水之大，如同悬幕一般从桥上垂下，远远望去一片空阔迷蒙，远处的钓船也若隐若现。"悬"字形象地描写出雨点密集如珠帘空悬的生动画面，使读者有身临其境之感。

读温庭筠诗,我们还可以背诵一些名句。除以上提到的外,还有"浓阴似帐红薇晚,细雨如烟碧草春"(《题李处士幽居》),"红妆万户镜中春,碧树一声天下晓"(《鸡鸣埭曲》),"心许凌烟名不灭,年年锦字伤离别"(《塞寒行》),"志气已曾明汉节,功名犹自滞吴钩"(《赠蜀将》),"一自檀郎逐便风,门前春水年年绿"(《苏小小歌》),"东城少年气堂堂,金丸惊起双鸳鸯"(《春野行》),"已恨流莺欺谢客,更将浮蚁与刘郎"(《李羽处士寄新酝走笔戏酬》),"春风破红意,女颊如桃花"(《碌碌古词》),"西州人不归,春草年年碧"(《西州曲》),"不作浮萍生,宁为藕花死"(《江南曲》)等。这些都是朗朗上口的名句。

以上是对阅读温庭筠诗的一点建议。此外,还可以尝试比较阅读,比如把温庭筠的诗与李商隐、杜牧等同时代人的诗比较,把温庭筠的诗和词相比较等,都会收到良好的效果。因篇幅所限,此不赘述。

原书绪言

一 作者之生平

温庭筠,本名岐,字飞卿,太原人,少负词赋盛名,唐大中初应进士,京师人士翕然推重。然恃才傲物,不修边幅,与贵冑裴诚、令狐缟辈狎昵,搢绅少之。累举进士不第,然才思敏艳,每入试,押官韵作赋,凡八叉手而八韵成,时号"温八叉"。喜为邻铺假手,殊以此见憎于有司。宣宗尝赋诗,上句有"金步摇",未能对,庭筠乃以"玉条脱"续之;又药名有"白头翁",温以"苍耳子"为对。凡所答问,悉称上意。宣宗爱唱《菩萨蛮》词,丞相令狐绹假其修撰,密以进,戒勿泄,而遽言于人,由是疏之。又绹尝以旧事相询,对曰:"事出《南华》,非僻书也,或冀相公燮理之暇,时宜览古。"绹怒甚,奏庭筠有才无行,用是卒不得第,故庭筠有诗曰"因知此恨人多积，悔读《南华》第二篇"，盖志斯憾也。

徐商镇襄阳，往依之，署为巡官。咸通中，失意归江东，道出广陵，愤令狐绹在位时不为成名。既至，久不刺谒。与新进少年游，醉而犯夜，为虞候所击，败面折齿，因诉于令狐绹。绹捕虞候，具言庭筠狭邪丑迹以自解。自是，污行闻于京师。庭筠诣长安，致书公卿间雪诬，属徐商知政事，颇右之，将白用矣。俄而商罢，复为杨收所嫉。

会宣皇好微行，偶值于逆旅。温不之识，傲然睨之曰："公非司马、长史之流？"帝曰："非也。"又曰："得非大参、簿尉之类？"帝曰："非也。"谪为方城尉。其制辞曰："孔门以德行为先，文章为末。尔既德行无取，文章何以补焉！"再迁为随县尉，卒。

初，庭筠将从乡里举，客游江淮间，扬子留后姚勖厚遗之，庭筠悉挥为缠头资。勖大怒，笞且逐之。其姊赵颛妻也，每以庭筠下第，辄切齿于勖。一日，勖过赵家，温氏出厅事，前执其袖大哭，勖惊异不知所为。移时乃曰，吾弟年少宴游，人之常情，奈何笞之！迄今无成，由汝致之。复大哭不已。

论者以庭筠始见笞于姚勖，复受辱于虞候，又屡颠踬于帝王公卿间，坐士行尘杂之咎耳！虽然，世之损名节邀通显者众矣，抑又何辞邪？

二 作者之著作

《三山老人语录》云，六一居士喜温庭筠诗"鸡声茅店月，人迹板桥霜"，尝作《过张至秘校庄》诗云"鸟声梅店雨，野色柳桥春"，效其体也。《雪浪斋日记》云：庭筠小诗尤工，如"墙高蝶过迟"，又"蝶翎胡粉重，鸦背夕阳多"，又《苏武庙》诗云"回日楼台非甲帐，去时冠剑是丁年"，皆工句也。

愚尝寻绎温氏之作，古体诗似蝉蜕于齐梁宫廷及宴游之什，而别饶风致。（如《张静婉采莲曲》"抱月飘烟一尺腰，麝脐龙髓怜娇娆，秋罗拂水碎光动，露重花多香不销"；《兰塘词》"小姑归晚红妆浅，镜里芙蓉照水鲜"；《苏小小歌》"吴宫女儿腰似束，家在钱塘小江曲，一自檀郎逐便风，门前春水年年绿"。）然其韵格清拔，于字香句艳间，颇挟豪宕激越之音。（如《鸡鸣埭曲》"红妆万户镜中春，碧树一声天下晓"；《谢公墅歌》"江南王气系疏襟，未许苻坚过淮水"；《湘东宴曲》"堤外红尘蜡炬归，楼前澹月连江白"；《达摩支曲》"红泪文姬洛水春，白头苏武天山雪""万古春归梦不归，邺城风雨连天草"；《边笳曲》"江南戍客心，门外芙蓉老"。）

温之近体诗，尤不屑以雕金篆玉为能，写景抒情，每多使人起低徊往复之思。（如《巫山神女庙》"晓峰眉上色，春水脸前波"；《经李征君故居》"一院落花无客醉，五更残月有莺啼"；《南湖》"芦叶有声疑雾雨，浪花无际似潇湘"；《哭王元裕》"柳边犹忆青骢影,坟上俄生碧草烟"。)惟彼平生殊侘傺,感愤刺怼,往往流露于吟咏间。(如《题城南杜邠公林亭》"贪为两地分霖雨,不见池莲照水红";《题西平王旧赐屏风》"世间刚有东流水,一送恩波更不回";《过陈琳墓》"词客有灵应识我,霸才无主始怜君";《蔡中郎坟》"今日爱才非昔日,莫抛心力作词人"。)漂泊江湖,行吟憔悴,虽买山未可,而归志浩然。(如《渭上题三首》"所嗟白首磻溪叟,一下渔舟更不归";《题河中紫极宫》"曼倩不归花落尽,满丛烟露月当楼"。)以是于山林题赠之什,借致其缱绻之怀,如《寄清源寺僧》《春日访李十四处士》《重游圭峰宗密禅师精庐》《题西明寺僧院》《西江上送渔父》等篇,皆冥思孤往,有湛深古澹之境,非仅缘情绮靡而已也。

唐《艺文志》载庭筠《握兰集》三卷,《金筌集》十卷,《诗集》五卷,《汉南真稿》十卷,宋志亦同,陈振孙《书录解题》作《温飞卿集》七卷;又陆游《渭南集》跋称其父所藏旧本,以《华清宫》诗为首,中有《早行》诗,后得蜀本,则《早行》诗已佚;《文献通考》则云,温庭筠《金筌集》七卷,《外集》一卷:是宋刻已非一本矣。

三　本诗选注之管见

庭筠诗虽多绮罗脂粉之词,却无寒瘠鄙俗之病,且其风华骀荡,清新俊逸之什,亦复不鲜。于晚唐诗人中,与牧之、义山差堪并驾,各具特色。兹编取材,尤其最焉!

至若字句故实之注释,则博征群籍,间附按语,力求明切,并参考明曾益注、顾氏父子补正本。遇有异释之处,则择安而从;其两义可通者,或俱存之,冀将便夫读者!

吴遁生
一九三四年十月

温庭筠诗

鸡鸣埭①曲—作歌

南朝天子射雉时,②银河耿耿星参差。③铜壶漏断梦初觉,④宝马尘高人未知。鱼跃莲东⑤荡宫沼⑥,蒙蒙御柳悬栖鸟。红妆万户镜中春,碧树一声天下晓。⑦盘踞势穷三百年,⑧朱方⑨杀气成愁烟。

---

① 《南史》:齐武帝车驾数幸琅邪城,宫人常从。早发,至湖北埭,鸡始鸣,故呼为鸡鸣埭。《金陵志》:鸡鸣埭在青溪西南潮沟之上。齐武帝早游钟山射雉,至此始闻鸡鸣。按:埭,dài,堵水的土堤。
② "南朝"句,《南史》:齐武帝永明六年五月,左卫殿中将军邯郸超表陈射雉,书奏赐死。按:雉,即野鸡,形状习性与鸡相类。雄者甚美丽,目赤,尾甚长;雌则否。栖息山野。
③ "银河"句,天河谓之银汉、银河。耿耿,明亮。参差,不齐貌。谢朓诗:秋河曙耿耿。
④ "铜壶"句,《南齐书》:武帝数游幸诸苑囿,载宫人从后车。宫内深隐,不闻端门鼓漏声,置钟于景阳楼上,宫人闻钟声,早起装饰。铜壶,古代计时器。张衡《浑天仪制》:以铜为器,再叠差置,实以清水,下各开孔,以玉虬吐漏水入两壶。
⑤ 鱼跃莲东,乐府《江南曲》:鱼戏莲叶东,鱼戏莲叶西,鱼戏莲叶南,鱼戏莲叶北。
⑥ 沼,水池。圆曰池,曲曰沼。
⑦ "碧树"句,《玄中记》:东南有桃都山,上有大树,名曰桃都,枝相去三千里。上有天鸡。日初出,照此木,天鸡即鸣,天下鸡皆随之。
⑧ "盘踞"句,张勃《吴录》:诸葛亮谓大帝曰:"钟山龙盘,石头虎踞。"庾信《哀江南赋》:将非江表王气,终于三百年乎?
⑨ 朱方,《吴地记》:吴改朱方曰丹徒。

彗星①拂地浪连海,战鼓渡江②尘涨天。绣龙③画雉④填宫井⑤,野火风驱烧九鼎。⑥殿巢江燕砌⑦生蒿⑧,十二金人霜炯炯。⑨芊绵⑩平绿台城⑪基,暖色春容一作空荒古陂。宁知《玉树后庭曲》⑫,留待野

---

① 彗星,后曳长尾如彗,故名。《尔雅》:彗星为欃枪。古注:亦谓之孛,言其形字字似扫彗。
② 战鼓渡江,《南史》:陈后主荒于酒色,不恤政事。隋文帝命大作战船,曰:"……使投柹于江,若彼能改,吾又何求。"及纳萧巘、萧岩,隋文愈忿,以晋王广为元帅,督八十总管致讨。
③ 绣龙,天子之服,画卷龙于衣。
④ 画雉,王后之上服曰袆衣,画野鸡之文于衣。
⑤ 填宫井,《南史》:隋军克台城,贵妃与后主俱入井。隋军出之,晋王广命斩之于青溪中桥。
⑥ "野火"句,《南史》:于郭内大皇佛寺起七层塔,未毕,火从中起,飞至石头,烧死者甚众。九鼎,《左传》:武王克商,迁九鼎于洛邑。
⑦ 砌,qì,台阶。
⑧ 蒿,草名,艾类,有青蒿、牡蒿、白蒿、茵陈蒿等数种。
⑨ "十二"句,炯炯,光明貌。《史记》:始皇收天下兵,聚之咸阳,销以为钟鐻,金人十二,重各千石,置宫廷中。
⑩ 芊绵,草木繁衍貌。
⑪ 台城,《太平寰宇记》:台城,在钟山侧。《容斋随笔》:晋宋间,谓朝廷禁省为台,故称禁城为台城。
⑫ 《玉树后庭曲》,《陈书》:后主每引宾客对贵妃等游宴,则使诸贵人及女学士与狎客共赋新诗,互相赠答,采其尤艳丽者以为曲词,被以新声,选宫女有容色者以千百数,令习而歌之。……其曲有《玉树后庭花》《临春乐》等,大指所归,皆美张贵妃、孔贵嫔之容色也。《旧唐书》:《玉树后庭花》……陈后主所作。

棠①如雪枝。

遐水谣

天兵九月渡遐水，马踏沙鸣②惊雁一作雁声起。杀气空高万里情，塞寒如箭伤一作双眸子。狼烟堡③上霜漫漫④，枯叶号一作飘风天地干。犀带鼠裘⑤无暖色，清光炯冷黄金鞍。虏尘如雾昏一作罩亭障⑥，陇首⑦年年汉飞将⑧。麟阁⑨无名期未归，楼中思

---

① 棠，又名棠梨、甘棠，俗称野梨，枝干似梨，叶作卵形，有锯齿，春初开小白花。
② 马踏沙鸣，《边地图》：鸣沙，在沙州沙角山，沙如干糖，人马过此，则沙鸣有声，闻数里外。或随人足而堕，经宿复还山上，即《禹贡》所称流沙。校订者按：此鸣沙指古沙州鸣沙山（在今甘肃省敦煌市）
③ 狼烟堡，犹边防堡垒。狼烟，燃狼粪升起的烟，古时边防用作军事上的报警信号。段成式《酉阳杂俎》：狼粪烟直上，烽火用之。
④ 漫漫，无涯际之貌。
⑤ 犀带鼠裘，古官制，中书舍人犀带佩鱼。杜甫诗：暖客貂鼠裘。
⑥ 亭障，《史记》：筑亭障以逐戎人。
⑦ 陇首，即陇山，在陕西省陇县，西北跨甘肃省清水县，山高而长。《秦州记》：陇山，东西百八十里。山下有陇关，即大震关，为秦雍喉嗌。
⑧ 汉飞将，《汉书》：李广为右北平太守。匈奴号曰"汉飞将军"。
⑨ 麟阁，《汉书》：甘露三年，单于始入朝。上思股肱之美，乃图画其人于麒麟阁。古注：武帝获麒麟时作此阁。

妇①徒相望。

锦城②曲

蜀山攒黛留晴雪,③篸笋蕨芽萦九折。④江风吹巧剪霞绡,花上千枝杜鹃血。⑤杜鹃飞入岩下丛,夜叫思归⑥山月中。巴水⑦漾情情不尽,文君

---

① 思妇,思夫之妇。
② 锦城,《元和郡县图志》:锦城,在(成都)县南十里,故锦官城也。《水经注》:道西城,故锦官也。言锦工织锦,则濯之江流,而锦至鲜明;濯以他江,则锦色弱矣。按:四川成都旧有大城少城,少城在大城西,即锦官城,后人泛称成都城为锦官城。
③ "蜀山"句,蜀山,蜀地的山。攒黛,言蜀山耸秀,如女子之眉相聚。攒,聚。黛,青黑色。留晴雪,《三峡记》:峨嵋积雪,经时不散。
④ "篸笋"句,篸笋,竹笋。蕨芽,蕨春时出嫩叶,可食。九折,指九折坂,在今四川省荥经县西邛崃山,山路艰险,登者曲曲九折乃得上。
⑤ "花上"句,杜鹃,鸟名,又名杜宇,不自营巢,生卵于莺巢,而莺为之孵育。鸣声凄厉,能动旅客归思。《埤雅》:杜鹃一名子规,苦啼,啼血不止。一名怨鸟,夜啼达旦,血渍草木。凡始鸣,皆北向,啼苦则倒悬于树。
⑥ 思归,杜鹃鸣声似"不如归去"。
⑦ 巴水,又名巴江,源出四川省南江县北,合渠江以入嘉陵江。《三巴记》:阆、白二水东南流,曲折三回如"巴"字。则指嘉陵江之正源。

织得春机红。①怨魄②未归芳草死，江头学种相思子③。树成寄与望乡④人，白帝⑤荒城一作城荒五千里⑥。

张静婉采莲曲 并序○曲一作歌

　　静婉，羊侃⑦妓也，其容绝世。侃自为《采莲》二曲，今乐府所存，失其故意，因

---

① "文君"句，《史记》：卓王孙有女文君新寡，好音，相如以琴心挑之，夜亡奔相如。左思《蜀都赋》：百室离房，机杼相和。贝锦斐成，濯色江波。
② 怨魄，《蜀记》：昔有人姓杜名宇，王蜀，号曰望帝。宇死，俗说宇化为子规鸟。蜀人闻子规鸣，皆曰望帝也。
③ 相思子，红豆。王维诗：红豆生南国，春来发几枝。愿君多采撷，此物最相思。按：红豆，亦名相思子，产于岭南，木质蔓生，干高丈余，秋开小花，色白或淡红，实成荚，子大如豌豆，微扁，色鲜红，亦有半红半黑者。相传有人殁于边，其妻思之，哭于树下而卒，故名。唐以来诗人多咏之。
④ 望乡，《益州记》：升仙亭夹路有二台，一名望乡台，在（华阳）县北九里。《成都记》：望乡台，隋蜀王秀所筑。
⑤ 白帝，《元和郡县图志》：公孙述殿前井有白龙出，因号白帝城。按：白帝城在今重庆市奉节县东。
⑥ 五千里，左思《蜀都赋》：经途所亘，五千余里。
⑦ 羊侃，《南史》：羊侃字祖忻，泰山梁父人。善音律，自造《采莲》《棹歌》两曲，甚有新致。姬妾列侍，穷极奢靡。有舞人张净琬腰围一尺六寸，时人咸推能掌上舞。按：净琬、静婉同。

温庭筠诗

歌以俟采诗者。事具载《梁史》。

兰膏坠发①红玉②春,燕钗③拖颈抛盘云④。城西—作边杨柳向桥晚,门前沟水波粼粼。⑤麒麟公子朝天客,珂—作珮马⑥珰珰⑦—作堂堂度春陌。掌中无力舞衣轻,⑧剪断鲛绡⑨破春碧。抱月飘烟一尺

---

① 兰膏坠发,以兰香炼膏而润发。
② 红玉,《西京杂记》:(赵飞燕与女弟昭仪)并色如红玉,为当时第一,皆擅宠后宫。
③ 燕钗,郭子横《洞冥记》:元鼎元年起招仙阁。神女留玉钗以赠帝,帝以赐赵婕妤。元凤中,既发匣,有白燕飞升天。后宫人学作此钗,因名玉燕钗,言吉祥也。
④ 盘云,《诗》:鬓发如云。
⑤ "城西"二句,粼粼,清激貌。谢朓诗:垂杨荫御沟。崔豹《古今注》:长安御沟谓之杨沟,谓植高杨于其上也。
⑥ 珂马,《西京杂记》:自是长安始盛饰鞍马,竞加雕镂,或一马之饰值百金,皆以南海白蜃为珂,紫金为华,以饰其上。犹以不鸣为患,或加以铃镊,饰以流苏,走则如撞钟磬。
⑦ 珰珰,玉珮声。此言珂声。
⑧ "掌中"句,《杨太真外传》:汉成帝获飞燕,身轻欲不胜风,恐其飘翥。帝为造水晶盘,令宫人掌之而歌舞。
⑨ 鲛绡,《文选》注:鲛人从水中出,曾寄寓人家,积日卖绡。绡者,竹孚俞也。鲛人临去,从主人索器,泣而出珠满盘,以与主人。任昉《述异记》:鲛人,即泉先也,又名泉客。南海出鲛绡纱,泉先潜织,一名龙纱,其价百余金,以为服,入水不濡。

腰①,麝脐②龙髓③一作脑怜娇娆。秋罗拂水碎光动,④露重花多香不销。鸂鶒⑤交交⑥塘水满,绿萍金粟⑦莲茎短。一夜西风送雨来,粉痕零落愁红浅。⑧船头折藕丝暗牵,藕根莲子相留连。⑨郎心似月月未一作易缺,十五十六清光圆。⑩

---

① 一尺腰,许顗《彦周诗话》:舞人张静婉,腰围一尺六寸,能掌上舞。唐人作《杨柳枝词》云:"认得羊家静婉腰。"
② 麝脐,借指麝香。麝似鹿,无角,腹部有皮脂结成之块,大如鸡卵,香甚烈,谓之麝香。《谈苑》:商汝山多群麝……绝爱其脐,每为人所逐,势且急,即自投高岩,举爪裂出其香。就縶而死,犹拱四足保其脐。
③ 龙髓,又名龙脑香,产于闽、广及加里曼丹岛、苏门答腊岛等处。树高十余丈,其香芬郁。以干中树胶制成一种结晶体,莹白如冰,俗称冰片、梅片。《香谱》:绝妙者目曰梅花龙脑。
④ "秋罗"句,梁元帝《荡妇秋思赋》:秋水文波,秋云似罗。
⑤ 鸂鶒,水鸟名,似鸳鸯,稍大,羽五彩而多紫色,故又名紫鸳鸯。
⑥ 交交,鸟飞往来貌。《诗》:交交黄鸟。
⑦ 金粟,嫩莲子。
⑧ "粉痕"句,杜甫诗:露冷莲房坠粉红。
⑨ "藕根"句,乐府《青阳歌曲》:下有并根藕,上生同心莲。校订者按:这句以藕根、莲子同体相连比喻恋人之间的相亲相爱。
⑩ "十五"句,鲍照诗:三五二八时,千里与君同。

温庭筠诗

公无渡河[①]

黄河怒浪连天来,[②]大响耾耾[③]如殷雷。龙伯[④]驱风不敢上,百川喷雪高崔嵬[⑤]。二十三一作五弦[⑥]何太哀,请公莫渡立徘徊[⑦]。下有狂蛟锯为尾,裂帆截棹

---

① 公无渡河,一作《拂舞词》。《乐府古题要解》:《公无渡河》(本《箜篌引》),霍里子高晨起刺船,有一白首狂夫披发携壶,乱流而渡,其妻随呼止之,不及,遂溺死。于是其妻援箜篌而鼓之,作歌曰:"公无渡河,公竟渡河,公堕而死当奈何!"声甚凄怆,曲终,亦投河而死。子高还,以其声语丽玉。丽玉伤之,乃引箜篌写其声,闻者莫不堕泪饮泣。丽玉以其声传邻女丽容,名曰《箜篌引》。
② "黄河"句,黄河,中国第二大川,古时只称河,后人以其多沙而色黄,谓之黄河。源出青海巴颜喀拉山。李白诗:君不见黄河之水天上来。
③ 耾耾,大声。耾,hóng。扬雄《法言》:非雷非霆,隐隐耾耾。
④ 龙伯,《河图玉版》:昆仑以北九万里,龙伯国人,长三十丈,万八千岁。
⑤ 喷雪高崔嵬,言白浪如山。喷雪,谓白浪相激。
⑥ 二十三弦,《周礼乐器图》:雅瑟二十三弦,颂瑟二十五弦。《吕氏春秋》:士达作为五弦瑟,以来阴气,以定群生。……瞽叟乃拌五弦之瑟,作以为十五弦之瑟,命之曰《大章》,以祭上帝。舜立,命延乃拌瞽叟之所为瑟,益之八弦,以为二十三弦之瑟。《高氏小史》:太昊作二十五弦箜篌。《汉书》:泰帝使素女鼓五十弦瑟,悲,帝禁不止,故破其瑟为二十五弦。
⑦ 徘徊,不进貌。

磨霜齿。^①神椎凿石塞神潭，白马趁趱^②赤尘起。公乎跃马扬玉鞭，灭没高蹄日千里。

塞^③寒行

燕弓^④弦劲霜封瓦，朴簌寒雕^⑤睇平野。一点黄尘起雁喧，白龙堆^⑥下千蹄马。河源^⑦怒浊—作触风如刀，剪断朔云天更高。晚出榆关^⑧—作林逐征北，惊沙飞迸冲貂—作征袍。心许凌烟^⑨名不灭，年年锦

---

① "裂帆"句，棹，俗称桨，舟旁拨水之具，所以进船者。短曰楫，长曰棹。张正见诗：棹折桃花水，帆横竹箭流。李白诗：有长鲸白齿若雪山。
② 趁趱，cāntán，奔驰的样子。
③ 塞，《史记》：始皇帝使蒙恬将十万之众北击胡，悉收河南地，因河为塞。
④ 燕弓，《列子》：燕角之弧，朔蓬之簳。
⑤ 雕，鸷鸟，一名鹫，嘴强大，中央钩曲，大者之翼平展至七八尺，性较鹰为更狞猛，尝攫食獐、鹿等动物。《尔雅翼》：雕，土黄色，健飞，击沙漠中，空中盘旋，无细不睹。
⑥ 白龙堆，简称龙堆，沙地，在新疆天山南路，今名库姆塔格，极望流沙，寸草不生。
⑦ 河源，《山海经》：出于昆仑之东北隅，实惟河源。按：清康熙间屡遣使臣考求河源，实导源于青海巴颜喀拉山东。
⑧ 榆关，当指今山海关。因此地古有渝水而得名，又称渝关、临渝关、临榆关。高适诗：拟金伐鼓下榆关，旌旆逶迤碣石间。
⑨ 凌烟，《新唐书》：贞观十七年二月，图功臣于凌烟阁。

字①伤离别。彩毫一画竟何荣,空—作长使青楼②泣成血。

兰塘词

塘水汪汪③凫④唼喋⑤,忆上江南木兰楫⑥。绣领⑦金须荡倒光,团团皱绿鸡头⑧叶。露凝荷卷珠净圆,紫菱⑨刺短浮根缠。小姑归晚红妆浅,⑩镜里芙蓉照

---

① 锦字,《晋书》:窦滔妻苏氏,名蕙,字若兰。滔,苻坚时为秦州刺史,被徙流沙。苏氏思之,织锦为回文旋图诗以赠滔。宛转循环以读之,词甚凄惋,凡八百四十字。
② 青楼,曹植诗:青楼临大路。《南史》:齐武帝兴光楼上施青漆,世人谓之"青楼"。按:"空使"句,言徒使闺中少妇伤心泣血。
③ 汪汪,形容水面深广。
④ 凫,fú,水鸟,俗称野鸭,状如鸭而小,常栖息湖泽中。
⑤ 唼喋,shàzhá,鸭食声。
⑥ 木兰楫,薛道衡诗:新船木兰楫。木兰,木名,又名杜兰、林兰、木莲等。
⑦ 绣领,《汉书》:(广川王去姬)爱为去刺方领绣。古注:今之妇人直领也。绣为方领,上刺作黼黻文。
⑧ 鸡头,《方言》:北燕谓之莜,青、徐、淮、泗之间谓之芡,南楚、江、湘之间谓之鸡头。朱淑真诗:轻圆绝胜鸡头肉,滑腻偏宜蟹眼汤。
⑨ 菱,《埤雅》:菱,白花,实有紫角,刺人。庾信诗:早菱生软角。
⑩ "小姑"句,隋炀帝诗:菱潭落日双凫舫,绿水红妆两摇漾。

水鲜。①东沟潏潏②劳回首,欲寄一杯琼液酒③。知道无郎④却有情,长教月照相思柳⑤。

故城曲

漠漠⑥沙堤烟,堤西雉子斑⑦。雉声何角角⑧,麦秀桑阴闲。⑨游丝荡平绿,⑩明灭时相续。白马金络头,东风故城曲。故城殷贵嫔⑪,曾占未来春。自从

---

① "镜里"句,乐府《青阳歌曲》:青荷盖绿水,芙蓉发红鲜。按:"小姑""镜里"两句,写小姑之美。
② 潏潏,水涌流貌。《说文》:潏,涌出也。潏,jué。
③ 琼液酒,犹琼浆玉液,指美酒。《汉武帝内传》:太上之药,风实、云子、玉津、金浆。谢朓诗:琼醴和金液。
④ 无郎,乐府《青溪小姑曲》:小姑所居,独处无郎。
⑤ 相思柳,梁简文帝诗:曲中无别意,并是为相思。
⑥ 漠漠,布列貌。
⑦ 雉子斑,雉,见《鸡鸣埭曲》注。杂色曰斑。《乐府古题》有《雉子斑》。
⑧ 角角,形容雄雉鸣声。角,gǔ。
⑨ "麦秀"句,枚乘《七发》:麦秀蕲兮雉朝飞。《诗》:桑者闲闲兮。王维诗:雉雊麦苗秀,蚕眠桑叶稀。
⑩ "游丝"句,沈约诗:游丝映空转,高杨拂地垂。
⑪ 殷贵嫔,《南史》:殷淑仪,丽色巧笑,宠冠后宫。及薨,(宋孝武)帝常思见之,遂为通替棺,欲见辄引替睹尸,如此积日,形色不异。追赠贵妃,谥曰宣。及葬,给辒辌车……前后部羽葆、鼓吹。上自于南掖门临,过丧车,悲不自胜,左右莫不掩泣。

香骨化,飞作马蹄尘。①

谢公墅②歌

朱雀航③南绕香陌,谢郎东墅连春碧。鸠④眠高柳日方融,绮榭⑤飘飖紫庭客⑥。文楸⑦方罫⑧花参差,心阵⑨未成星满池。四座无喧梧竹静,金蝉玉柄⑩俱

---

① "自从"二句,谢庄《宋孝武宣贵妃诔》:销神躬于壤末,散灵魄于天浔。
② 谢公墅,《晋书》:谢安,字安石。于土山营墅,楼馆林竹甚盛,每携中外子侄往来游集。赠太傅。更封庐陵郡公。
③ 朱雀航,即朱雀桥,在今江苏省南京市内,跨秦淮河上。三国吴时叫南津桥。东晋咸康后因在朱雀门外,改为朱雀桥。
④ 鸠,状如野鸽,头小,胸凸,尾短,两翼长大,善飞。传说鸠鸣可以占晴雨。
⑤ 绮榭,装饰华丽的台榭。台有屋曰榭。古注:土高曰台,有木曰榭。
⑥ 紫庭客,言谢安乃朝廷之贵人。
⑦ 文楸,《杜阳杂编》:(日本)东三万里有集真岛……又产如楸玉,状类楸木,琢之为棋局,光洁可鉴。
⑧ 方罫,韦昭《博弈论》:所务不过方罫之间。按:方罫,俗称格子,博局方目也。
⑨ 心阵,对弈,下棋。李从谦诗:争先各有心。
⑩ 金蝉玉柄,董巴《舆服志》:侍中、中常侍冠武弁大冠,加金珰,附蝉为文。《晋书》:(王衍)捉玉柄麈尾。

持颐。对局含嚬一作情见千里,①都城已得长蛇②尾。江南王气③系疏襟④,未许苻坚过淮水。⑤

罩鱼⑥歌

朝罩罩城南一作东,暮罩罩城西。两桨鸣幽幽⑦,

---

① "对局"句,含嚬,皱眉。这里描写下棋时思考状。《晋书》:时苻坚强盛,疆场多虞,诸将败退相继。安遣弟石及兄子玄等应机征讨。坚后率众,号百万,次于淮、肥,京师震恐。加安征讨大都督。玄入问计,安夷然无惧色,答曰:"已别有旨。"既而寂然。玄不敢复言,乃令张玄重请。安遂命驾出山墅,亲朋毕集,方与玄围棋赌别墅。安常棋劣于玄,是日玄惧,便为敌手,而又不胜。安顾谓其甥羊昙曰:"以墅乞汝。"玄等既破坚,有驿书至,安方对客围棋,看书既竟,便摄放床上,了无喜色,棋如故。客问之,徐答云:"小儿辈遂已破贼。"
② 长蛇,比喻苻坚。谢朓诗:长蛇固能翦。
③ 江南王气,孙盛《晋阳秋》:秦时望气者曰:"东南有天子气,五百年有王者兴。"至晋元帝,适逢其时。
④ 疏襟,宽广开朗的胸怀。这里指谢安。
⑤ "未许"句,《晋书》:苻坚自率兵次于项城。诏以玄为前锋,距之。(坚)列阵临肥水。玄与琰、伊等以精锐八千涉渡肥水。决战肥水南。坚中流矢,临阵斩融。坚众奔溃,自相蹈藉投水死者不可胜计,肥水为之不流。
⑥ 罩鱼,用捕鱼笼捕鱼。《尔雅》:篧谓之罩。古注:捕鱼笼也。
⑦ 幽幽,深远貌。

莲子相高低。持罩入深水,金鳞大如手①。鱼尾迸②圆波,千珠落缃藕③。风飔飔④,雨离离。菱尖刺,鸂鶒飞。水连网眼白如影,淅沥⑤篷声寒点⑥微。楚岸有花花盖屋,金塘柳色前溪曲。悠悠⑦一作溶杳若去无穷,五色澄潭鸭头绿⑧。

达摩支⑨曲

捣麝⑩成尘香不灭,拗莲作寸丝难绝。⑪红泪文

---

① 大如手,《古乐府罩辞》:罩初何得,端来得鲋。小者如手,大者如履。
② 迸,走散,涌出。
③ 缃藕,江淹《莲华赋》:揽湘莲兮映渚。
④ 飔飔,凉爽、微寒貌。飔,sī。
⑤ 淅沥,篷声,言雨洒船篷,其声淅沥。
⑥ 寒点,带寒凉气息的雨点。
⑦ 悠悠,平静安闲的样子。
⑧ 鸭头绿,水色似鸭头之绿色。李白诗:遥看汉水鸭头绿。
⑨ 达摩支,《乐府诗集》:《唐会要》曰:"天宝十三载,改《达磨支》为《泛兰丛》。"《乐苑》曰:"《泛兰丛》,羽调曲,又有《急泛兰丛》。"《乐府杂录》曰:"《达磨支》,健舞曲也。"
⑩ 麝,嵇康《养生论》:麝食柏而香。见《张静婉采莲曲》注。
⑪ "拗莲"句,拗,ǎo,折断。江淹《待罪江南思北归赋》:藕生莲兮吐丝。乐府《折杨柳枝歌》:上马不捉鞭,反拗杨柳枝。下马吹长笛,愁杀行客儿。拗字本此。

姬^①洛水春,白头苏武天山雪^②。君不见无愁高纬^③花漫漫,漳浦^④宴余清露寒。一旦臣僚共囚虏^⑤,欲吹羌笛先汍澜^⑥。旧臣头鬓霜雪一作华早,可惜雄心醉中老。万古春归梦不归,邺城^⑦风雨连天草。

---

① 文姬,《后汉书》:陈留蔡邕之女,名琰,字文姬,博学有才辩。适河东卫仲道,夫亡无子,归宁于家。兴平中,天下丧乱,文姬为胡骑所获,没于南匈奴左贤王,在胡中十二年,生二子。曹操素与邕善,遣使者以金璧赎之,重嫁于董祀。
② 苏武天山雪,苏武,字子卿,为栘中厩监。留匈奴十九岁,归,拜为典属国,病卒。《汉书》:单于幽武置大窖中,绝不饮食。天雨雪,武卧啮雪与旃毛并咽之,数日不死,匈奴以为神。《西河旧事》:白山之中有好木,匈奴谓之天山。《广志》:西域有白山,通岁有雪,亦名雪山。《汉书》注:祁连山即天山也,匈奴呼天为祁连。按:天山,又名雪山、白山,在新疆境内。
③ 无愁高纬,《北齐书》:后主高纬颇学缀文,置文林馆,引诸文士焉。盛为无愁之曲,帝自弹胡琵琶而唱之,侍和之者以百数。人间谓之"无愁天子"。宫掖婢皆封郡君,宫女宝衣玉食者五百余人。其嫔嫱诸宫中起镜殿、宝殿、玳瑁殿,丹青雕刻,妙极当时。周师渐逼,将逊于陈,为周将所获。送长安,封温国公。至建德七年,诬以谋反,赐死。
④ 漳浦,漳河之滨。漳河上游曰清漳、浊漳,均出山西省东南部,至河北省涉县合漳村,始合为一,称漳河;又东南经河北省邯郸市馆陶县流入卫河。
⑤ 臣僚共囚虏,《吴书》:孰与偷生苟活长为囚虏乎?
⑥ 汍澜,泣貌。
⑦ 邺城,《旧唐书》:相州,汉魏郡也。……天宝元年,改为邺郡。按:邺,汉县名,在今河北省临漳县境内。

湘东宴曲

湘东①夜宴金貂②人,楚女含情娇翠嚬③。玉管将吹插钿带④,锦囊斜拂双麒麟。重城漏断孤帆去,唯恐琼签报天曙⑤。万户沉沉碧树圆,⑥云飞雨散知何处。⑦欲上香车⑧俱脉脉⑨,清歌响断银屏隔。⑩堤外红尘蜡—作蜜炬⑪归,楼前澹月连江白。

---

① 湘东,郡名,三国吴置,隋废,今湖南省衡阳市为其郡治。
② 金貂,《后汉书》:武冠,一曰武弁大冠,诸武官冠之。侍中、中常侍加黄金珰,附蝉为文,貂尾为饰。古注:北方寒凉,本以貂皮暖额,附施于冠,因遂变成首饰。后凡称侍从贵臣多用金貂之语。
③ 嚬,皱眉。
④ 钿带,填金于带。白居易诗:钿带舞双姝。
⑤ 琼签报天曙,《南史》:(陈文帝)每鸡人伺漏传签于殿中者,令投签于阶石上,鎗然有声,云:"吾虽得眠,亦令惊觉。"
⑥ "万户"句,言夜深。
⑦ "云飞"句,言人散。
⑧ 香车,魏武帝《与太尉杨彪书》:今赠足下……画轮四望通幰七香车一乘。按:七香车,言车之华贵。
⑨ 脉脉,含情欲吐之貌。
⑩ "清歌"句,《世说》:桓子野每闻清歌,辄唤"奈何"。梁简文帝诗:朱颜半已醉,微笑隐香屏。
⑪ 蜡炬,即蜡烛。

温庭筠诗

会昌^①丙寅丰岁歌

丙寅岁,休牛马^②。风如吹烟,日如渥赭^③。九重^④天子调天下,春绿将年^⑤到西野。西野翁,生儿童。门前好树青芊茸^⑥。芊茸单衣^⑦麦田路,村南娶妇桃花红。^⑧新姑车右一作石及门柱,^⑨粉项一作颈韩凭双扇中。^⑩

---

① 会昌,唐武宗即位,改元会昌。
② 休牛马,《尚书》:归马于华山之阳,放牛于桃林之野。按:此言干戈不用,海内太平。
③ 渥赭,色泽红润。《诗》:颜如渥赭。
④ 九重,宋玉《九辩》:君之门以九重。
⑤ 年,丰收。《说文》:年,谷熟也。《史记》注:有年,谓丰熟也。
⑥ 芊茸,繁密茂盛。芊,fēng,同"丰",草盛貌。茸,róng,草初生时纤细柔软貌。
⑦ 单衣,甯戚《饭牛歌》:短布单衣适至骭。
⑧ "村南"句,周弘正诗:婿颜如美玉,妇色胜桃花。
⑨ "新姑"句,蔡邕《协和婚赋》:既臻门屏,结轨下车。
⑩ "粉项"句,《搜神记》:宋时大夫韩冯娶妻何氏美,康王夺之。冯怨。俄而冯乃自杀。其妻乃阴腐其衣。王与之登台,妻遂自投台下。左右揽之,衣不中手而死。遗书于带曰:"……愿以尸骨,赐冯合葬。"王怒弗听,使里人埋之,冢相望也。宿昔之间,便有文梓木生于二冢之端,旬日而大盈抱,屈体以相就,根交于下,枝错于上。又有鸳鸯,雌雄各一,恒栖树上,晨夜不去,交颈悲鸣。《世说》:温峤娶姑女,既婚,交礼,女以手披纱扇,拊掌大笑。庾信《为梁上黄侯世子与妇书》:分杯帐里,却扇床前。

喜气①自能成岁丰,农祥②尔物—作勿来争功。

碌碌③古词

左亦不碌碌,右亦不碌碌。野草自根肥,羸牛④生健犊⑤。融蜡作杏蒂⑥,男儿不恋家。春风破红意,女颊如桃花。⑦忠言未见信,巧语翻咨嗟。一鞘无两刃,⑧徒劳油壁车⑨。

---

① 喜气,杜甫诗:门阑多喜色,女婿近乘龙。
② 农祥,梁简文帝诗:天马照耀动农祥。《国语》:太史顺时觋土,阳瘅愤盈,土气震发,农祥晨正,日月厎于天庙,土乃脉发。古注:农祥,房星也。晨正,谓立春之日,晨中于午也。农事之候,故曰农祥也。
③ 碌碌,凡庸貌。《后汉书》:(祢衡)唯善鲁国孔融及弘农杨修。常称曰:"大儿孔文举,小儿杨德祖。余子碌碌,莫足数也。"
④ 羸牛,羸,léi,瘦弱。《宋书》:(颜延之)常乘羸牛笨车。
⑤ 犊,小牛。
⑥ 蒂,dì,花叶与枝茎相连处。
⑦ "女颊"句,虞世南《史略》:北齐卢士深妻,崔林义之女,有才学,春日以桃花靧儿面,咒曰:"取红花,取白雪,与儿洗面作光悦。"
⑧ "一鞘"句,承上文言男儿虽不恋家,而女子一心独守。
⑨ 油壁车,谓以油漆饰车壁。乐府《苏小小歌》:我乘油壁车,郎骑青骢马。何处结同心,西陵松柏下。

春野行①

草浅浅,春如剪。②花压李娘愁,饥蚕欲成茧。③东城少年④气堂堂⑤,金丸⑥惊起双鸳鸯。含羞更问卫公子,月到枕前—作边春梦长。⑦

醉歌

檐柳初黄燕新乳⑧,晓碧芊绵⑨过微雨。树色深

---

① 春野行,此拟荡子荡妇之词。篇中李娘、卫公子应有所指,今不可考。
② "草浅"二句,曹丕《典论》:时岁之暮春,勾芒司节,和风扇物,弓燥手柔,草浅兽肥。
③ "花压"二句,吴均诗"蚕饥妾复思,拭泪且提筐",即是此意。
④ 东城少年,何逊诗:城东美少年。
⑤ 堂堂,谓容貌端正大方。《论语》:堂堂乎张也。
⑥ 金丸,《西京杂记》:韩嫣好弹,常以金为丸,所失者日有十余。长安为之语曰:"苦饥寒,逐金丸。"京师儿童,每闻嫣出弹,辄随之,望丸之所落,辄拾焉。
⑦ "含羞"二句,李白诗"且留琥珀枕,还有梦来时",似与此意相近。
⑧ 燕新乳,指燕子刚孵出小燕子。乳,鸟兽产卵、产子。《后汉书》:虎豹窟于麑场,豺狼乳于春囿。古注:乳,产也。
⑨ 芊绵,见《鸡鸣埭曲》注。

含台榭情,莺声巧作烟花主。锦袍①公子陈杯觞②,拨醅③百瓮春酒香。入门下马问谁在,降阶握手登华堂。临邛美人连山眉,④低抱琵琶⑤含怨思。朔风绕指我先笑,明月入怀君自知。⑥劝君莫惜金一作芳樽酒,年少须臾如覆手。辛勤到老慕箪瓢⑦,于我悠悠竟何有。洛阳卢仝⑧一作生称文房⑨,妻子脚秃春黄

---

① 锦袍,泛指贵族子弟。《旧唐书》:崔宗之谪官金陵,与(李)白诗酒唱和。尝月夜乘舟,自采石达金陵。白衣宫锦袍,于舟中顾瞻笑傲,傍若无人。
② 觞,酒卮之总名。
③ 拨醅,未滤过的重酿酒。也泛指酒。卢仝诗:拨醅泛浮蚁。
④ "临邛"句,《西京杂记》:文君姣好,眉色如望远山,脸际常若芙蓉。按:卓文君,汉临邛(今四川省邛崃市)人,卓王孙女,司马相如妻。
⑤ 琵琶,《乐府杂录》:乌孙公主造。《释名》:推手前曰枇,引手却曰杷。按:枇杷,本亦作琵琶。
⑥ "朔风"二句,王融诗:抱月如可明,怀风殊复清。吴均诗:洛阳名工见咨嗟,一剪一刻作琵琶。白璧规心学明月,珊瑚映面作风花。
⑦ 箪瓢,谓居贫守约。箪,盛饭竹器。《论语》:一箪食,一瓢饮,在陋巷,人不堪其忧,回也不改其乐。
⑧ 卢仝,韩愈诗:玉川先生洛城里,破屋数间而已矣。一奴长须不裹头,一婢赤脚老无齿。古注:仝居洛阳(今河南省洛阳市),自号玉川子。
⑨ 文房,张说《姚文贞公神道碑》:武库则矛戟森然,文房则礼乐尽在。

粮。阿錾光颜①不识字，指挥豪俊如驱羊。天犀压断朱鼹一作鼷鼠，瑞锦惊飞金凤皇。②其余岂足沾牙齿，欲用何能报天子。驽马垂头抢冥尘，骅骝一日行千里。但有沉冥③醉客家，支颐④瞪目⑤持流霞⑥。唯恐南园风雨作一作落，碧芜⑦狼籍⑧棠梨⑨花。

江南曲⑩

妾家白蘋浦⑪，日上芙蓉楫⑫。轧轧摇桨声，移

---

① 阿錾，亦作阿跌。《旧唐书》：李光进，本河曲部落稽阿跌之族。光颜，光进弟。
② "瑞锦"句，陆翙《邺中记》：织锦署在中尚方。锦有凤皇朱雀锦。
③ 沉冥，本指幽居匿迹，这里指沉迷于酒。
④ 支颐，以手托下巴。
⑤ 瞪目，眼睛直视。
⑥ 流霞，浮动的云霞，这里指神仙的饮料，即仙酒。《抱朴子》：项曼都入山学仙，自言到天上，先过紫府。仙人但以流霞一杯与我，饮之辄不饥渴。
⑦ 碧芜，绿草茂生之处。
⑧ 狼籍，散乱不整。
⑨ 棠梨，见《鸡鸣埭曲》注。
⑩ 江南曲，《乐府古题要解》：《江南曲》古词云："江南可采莲，莲叶何田田。"又云："鱼戏莲叶东，鱼戏莲叶西，鱼戏莲叶南，鱼戏莲叶北。"盖美其芳晨丽景，嬉游得时。
⑪ 白蘋浦，泛指生长白蘋的水边。萍，其大者蘋。五月有花，白色，故谓之白蘋。柳恽诗：汀洲采白蘋，日暖江南春。
⑫ 芙蓉楫，芙蓉舟。

舟入菱①叶。溪长菱叶深,作底难相寻。避郎郎不见,鹦鹈自浮沉。拾萍萍无根②,采莲莲有子。不作浮萍生,宁为藕花死。岸傍骑马郎,③乌帽紫游缰。④含愁复含笑,回首问横塘⑤。妾住金陵⑥浦,门前朱雀航⑦。流苏⑧持作帐,芙蓉持作梁。出入金犊幰⑨,

---

① 菱,菱白,菰之茎。菰,多年生草本植物,生长在池沼里。花紫红色。嫩茎的基部经某种菌寄生后,膨大,做蔬菜吃,叫菱白。
② 萍无根,乐府《欢闻歌》:遥遥天无柱,流漂萍无根。
③ "岸傍"句,傍,páng,旁边。李白诗:岸上谁家游冶郎。
④ "乌帽"句,乌帽,黑色的帽子。本为贵族所戴,隋唐之后多为平民、隐居者所戴。杜甫诗:乌帽拂尘青骡粟,紫衣将炙绯衣走。游缰,马缰绳。《晋书》:青青御路杨,白马紫游缰。
⑤ 横塘,地名,在今江苏省南京市。《六朝事迹》:吴大帝时,自江口沿淮筑堤,谓之横塘。按:淮当是秦淮河。
⑥ 金陵,地名,在今江苏省南京市。张勃《吴录》:张纮言于孙权曰:"秣陵,楚武王所置,名为金陵。秦始皇时,望气者云,金陵有王者气,故断连冈,改名秣陵也。"
⑦ 朱雀航,见《谢公墅歌》注。
⑧ 流苏,缉鸟尾垂之若旒然,以其蕊下垂,故曰苏。凡旌旗、帐幕及马饰之类,皆饰之以为美观。
⑨ 金犊幰,用牛犊拉的、挂着帷幔的车子。金犊,牛犊的美称。幰,xiǎn,帛张车上曰幰,即车幔。《隋书》:六品以下,任自乘犊车,弗许施幰。

兄弟侍中郎。前年学歌舞，定得郎相许。连娟眉绕山，①依约腰如杵。②凤管悲若咽，鸾弦③娇欲语。扇薄露红铅④，罗轻压金缕。明月西南楼，⑤珠帘玳瑁钩。横波⑥巧能一作相笑，弯蛾⑦不识愁。花开子留树，草长根依土。早闻金沟远，底事⑧归郎许？不学杨白花⑨，朝朝泪如雨。

---

① "连娟"句，言眉如远山之秀。傅毅《舞赋》：眉连娟以增绕兮，目流睇而横波。
② "依约"句，言腰细如杵。依约，仿佛，依稀。白居易诗：蓬山闲气味，依约似龙楼。
③ 鸾弦，《汉武帝外传》：西海献鸾胶，武帝弦断，以胶续之。
④ 红铅，女子化妆用的胭脂和铅粉。江洪诗：轻红澹铅脸。
⑤ "明月"句，鲍照诗：始见西南楼，纤纤如玉钩。
⑥ 横波，傅毅《舞赋》：目流睇而横波。
⑦ 弯蛾，李贺诗：长眉对月斗弯环。按："横波"句，谓目能巧笑；"弯蛾"句，谓眉无愁态。
⑧ 底事，何事。刘肃《大唐新语》：况天子富有四海，立皇后有何不可？关汝诸人底事，而生异议！
⑨ 杨白花，《梁书》：杨华（本名白花），武都仇池人也。华少有勇力，容貌雄伟，魏胡太后逼通之，华惧及祸，乃率其部曲来降。胡太后追思之不能已，为作《杨白华歌辞》，使宫人昼夜连臂蹋足歌之，辞甚凄惋焉。乐府《杨白花》：含情出户脚无力，拾得杨花泪沾臆。《诗》：桃之夭夭，灼灼其华。校订者按：华，通"花"。

惜春词

百舌①问花花不语,低回②似恨横塘③雨。蜂争粉蕊蝶分香,不似垂杨惜金缕④。愿君留得长妖韶⑤,莫逐东风还荡摇。秦女⑥含颦向烟月,愁红带露空迢迢⑦一作寥寥。

苏小小⑧歌

买莲莫破券,买酒莫解金。⑨酒里春容⑩抱

---

① 百舌,鸣禽,伯劳之一种,似伯劳而小,全体黑色,喙甚尖,色黄黑相杂,鸣声圆滑。《尔雅翼》:反舌,春始鸣,至五月止。能变其舌,反易其声,以效百鸟之鸣。又名百舌。校订者按:欧阳修《蝶恋花》"泪眼问花花不语"从此句化出。
② 低回,留恋。
③ 横塘,见《江南曲》注。
④ 金缕,状杨柳之垂。缕,线,丝缕。杜秋娘诗:劝君莫惜金缕衣,劝君惜取少年时。
⑤ 妖韶,妖娆美好。
⑥ 秦女,梁简文帝诗:倡楼秦女乍相值。
⑦ 迢迢,遥远貌。
⑧ 苏小小,《乐府广题》:苏小小,钱塘名倡也,盖南齐时人。《吴地记》:嘉兴县前有晋妓苏小小墓。
⑨ "买莲"二句,破券、解金,都是花钱的意思。北齐童谣:千钱买果园,中有芙蓉树。破券不分明,莲子随他去。
⑩ 春容,青春的容貌。乐府《子夜歌》:郎怀幽闺性,侬亦恃春容。

离恨,水中莲子怀芳心。吴宫女儿①腰似束②,家在钱塘③小江曲。一自檀郎逐便风,④门前春水年年绿⑤。

春晓曲

家临长信⑥往来道,乳燕双双拂烟草。油壁车轻金犊肥,⑦流苏帐⑧晓春鸡早。笼中娇鸟暖犹睡,

---

① 吴宫女儿,此处喻苏小小。《吴地记》:阊阖城西有砚石山,上有馆娃宫。按:馆娃宫,吴王夫差作宫以馆西施。吴人谓美女为娃。遗址在今江苏省苏州市西南灵岩山上。
② 腰似束,宋玉《登徒子好色赋》:腰如束素。
③ 钱塘,县名,秦置,即今浙江省杭州市。
④ "一自"句,一自,自从。檀郎,潘岳小名檀奴,潘貌美,故妇人呼所欢为檀郎。逐便风,犹言乘风而去。杜甫诗:一自风尘起,犹嗟行路难。
⑤ 春水年年绿,江淹《别赋》:春草碧色,春水渌波。
⑥ 长信,《三辅黄图》:(汉长安城)洛门至周庙门,有长信宫在其中。
⑦ "油壁"句,言出游时之华贵气象。油壁车,见《碌碌古词》注。金犊,见《江南曲》注。《朝野佥载》:斜褰紫衫,为公主背挽金犊车。乐府《懊侬歌》:黄牛细犊车,游戏出孟津。
⑧ 流苏帐,挚虞《决疑要注》:天子帐,流苏为饰。《海录碎事》:流苏者,乃盘线绘绣之球,五色错为之,同心而下垂者是也。江总诗:新人羽帐挂流苏。

帘外落花闲不扫。①衰桃②一树近前池,似惜红颜镜中老。

西州③曲—作词

悠悠④复悠悠,昨日下西州。西州风色好,遥见武昌楼⑤。武昌何郁郁⑥,侬⑦家定无匹。小妇被流黄,登楼抚瑶瑟。⑧朱弦繁复轻,素手⑨直凄清。一弹三四解,掩抑似含情。⑩南楼登且望,西江广复

---

① "笼中"二句,写春天的早晨。娇鸟犹睡,落花不扫,唯春鸡早唱耳。卢照邻诗:一群娇鸟共啼花。
② 衰桃,衰落的桃花。
③ 州,《乐府诗集》作洲。
④ 悠悠,悠闲,从容自得的样子。刘绩诗:悠悠复悠悠,风吹江上舟。纳兰性德诗:悠悠复悠悠,人生胡不乐。
⑤ 武昌楼,在今湖北省鄂州市。
⑥ 郁郁,草木茂盛的样子。《后汉书》:气佳哉!郁郁葱葱然!《古诗十九首》:郁郁园中柳。
⑦ 俗称我曰侬,今吴俗亦称人为侬。此侬字作他字解。
⑧ "小妇"二句,小妇被流黄,穿黄绢之衣。瑟之以玉饰者曰瑶瑟。乐府《相逢狭路间》:大妇织罗绮,中妇织流黄。小妇无所作,挟瑟上高堂。
⑨ 素手,《古诗十九首》:纤纤出素手。
⑩ "一弹"二句,解,乐曲、诗歌的章节。《古诗十九首》:一弹再三叹,慷慨有余哀。《晋书》:李延年因胡曲,更造新声二十八解。

平。艇子摇两桨，催过石头城。① 门前乌臼树，② 惨澹天将曙③。鹈鹕飞复还，郎随早帆去。回头语同伴，定复负情侬。去帆不安幅，作抵使西风。④ 他日相寻索，莫作西州客。西州人不归，春草年年碧。

和沈参军招友生观芙蓉⑤池

桂栋⑥坐清晓，瑶瑟商凤丝⑦。况闻楚泽⑧香，适与秋风⑨期。遂从棹萍客，静啸烟草湄。⑩ 倒影回澹

---

① "艇子"二句，石头城，在今湖北省钟祥市。乐府《莫愁乐》：莫愁在何处？莫愁石城西。艇子打两桨，催送莫愁来。
② "门前"句，乐府《西洲曲》：西洲在何处？两桨桥头渡。日暮伯劳飞，风吹乌臼树。树下即门前，门中露翠钿。开门郎不至，出门采红莲。
③ 曙，晓，天刚亮。
④ "去帆"二句，言去时之迅速。
⑤ 芙蓉，莲花。
⑥ 桂栋，桂木做的栋梁。代指华丽的房屋。
⑦ 商凤丝，指调试弦音。商，商讨、商酌。凤丝，指琴瑟之弦。
⑧ 楚泽，司马相如《子虚赋》：臣闻楚有七泽，尝见其一……名曰云梦。
⑨ 秋风，汉武帝《秋风辞》：秋风起兮白云飞。
⑩ "遂从"二句，《古诗十九首》：涉江采芙蓉，兰泽多芳草。按：此适与秋风期，则芙蓉为之不芳矣，故云"静啸烟草湄"。

荡，愁红媚涟漪①。湘茎②久藓涩，宿雨增离披。而我江海意③，楚游动梦思。北渚水云叶一作蔓，南塘烟雾一作露枝。④岂亡一作无台榭芳，独与鸥鸟知。珠坠鱼迸浅，⑤影多凫泛迟。⑥落英⑦不可攀，返照昏澄陂。⑧

秋日

爽气变昏旦，⑨神皋⑩遍原隰⑪。烟华久荡摇，石

---

① 涟漪，池水之微波。
② 湘茎，莲茎。
③ 江海意，浪迹江湖、隐居避世之意。
④ "北渚"二句，小洲曰渚。北渚水云，南塘烟雾，俱写芙蓉之景。屈原《九歌》：帝子降兮北渚。乐府《西洲曲》：采莲南塘秋。
⑤ "珠坠"句，鲍照《芙蓉赋》：叶折水以为珠。谢朓诗：鱼戏新荷动。
⑥ "影多"句，言莲花影之多，使凫惊疑。唐太宗诗：游莺无定曲，惊凫有乱行。
⑦ 落英，落花。
⑧ "返照"句，言清池之上，暮色渐入苍茫。澄，水静而清。畜水曰陂。
⑨ "爽气"句，《世说》：（王子猷）以手版拄颊云："西山朝来，致有爽气。"谢灵运诗：昏旦变气候，山水含清晖。
⑩ 神皋，犹言仙境。张衡《西京赋》：实惟地之奥区神皋。
⑪ 原隰，广平曰原，下湿曰隰。

涧仍清急。柳暗①山犬吠,蒲②流水禽立。菊花明欲迷,枣叶光如湿。天籁③思林岭,车尘倦都邑。诪张夙所违,④悔吝⑤何由入。芳草秋可藉⑥,幽泉晓堪汲。牧羊烧⑦外鸣,林果雨中拾。⑧复此遂闲旷⑨,翛然脱羁絷⑩。田收鸟雀喧,气肃龙蛇蛰⑪。佳节足丰穰⑫,良朋阻游集。沉机⑬日寂寥,葆素常呼吸。⑭

---

① 柳暗,指柳树枝叶茂盛,树荫浓密。
② 蒲,香蒲,多年生草本植物,植池泽中,叶狭长,可制席、扇及裹物之蒲包。夏季开花,花蕊如金粉,谓之蒲黄,可入药。
③ 天籁,自然之音响。《庄子》:敢问天籁。子綦曰:"夫吹万不同,而使其自已也。"
④ "诪张"句,言向不欺谩。诪张,zhōuzhāng,欺谩。
⑤ 悔吝,犹言悔恨。《易》:悔吝者,忧虞之象也。
⑥ 坐卧其上曰藉。孙绰《游天台山赋》:藉萋萋之纤草。
⑦ 烧,《古今韵会举要》:野火曰烧。
⑧ "林果"句,王维诗:雨中山果落。
⑨ 闲旷,悠闲放达。《南齐书》:思话先于曲阿起宅,有闲旷之致。
⑩ "翛然"句,翛然,无拘无束貌,超脱貌。脱羁絷,犹言脱束缚。翛,xiāo。《庄子》:翛然而往。江伟诗:羁絷系世网,进退惟准绳。
⑪ 蛰,伏藏。
⑫ 丰穰,丰收。穰,ráng,庄稼丰收。《汉书》:百姓安土,岁数丰穰。
⑬ 沉机,犹言忘机心、息机心。《庄子》:有机事者必有机心。
⑭ "葆素"句,葆素,犹言保其本真。《庄子》:吹呴呼吸,吐故纳新……此导引之士,养形之人,彭祖寿考者之所好也。

投迹倦攸往①,放怀志所执。良时有东菑②,吾将事蓑笠③。

七夕④歌

鸣机札札⑤停金梭⑥,芙蓉澹荡⑦生池一作秋水波。神一作夜轩红粉陈香罗,⑧凤低蝉薄愁双蛾。⑨微光奕

---

① 攸往,所往。
② 东菑,泛指农田。菑,zī,田一岁曰菑,言已开垦一年。
③ 事蓑笠,穿上蓑衣,戴上斗笠。这里指从事农耕。蓑,suō,草衣,所以御雨。笠,笠帽,雨具。《诗》:何蓑何笠。
④ 七夕,农历七月初七夜。《天中记》:天河之东有织女,天帝之子也。年年机杼劳役,织成云锦天衣,容貌不暇整理。天帝怜其独处,许嫁河西牵牛郎。嫁后,遂废织纴。天帝怒焉,责令归河东,但使其一年一度相会。
⑤ 札札,机杼声。《古诗十九首》:纤纤擢素手,札札弄机杼。
⑥ 停金梭,梁简文帝诗:天梭织来久,方逢今夜停。《孔氏谈苑》:蔡州丁氏精于女工。每七夕,祷以酒果。忽见流星坠筵中,明日瓜上得金梭。自是,巧思益进。
⑦ 澹荡,水摇动貌。
⑧ "神轩"句,《荆楚岁时记》:七月七日,其夜洒扫庭中,露施几筵,设酒脯时果,散香粉于筵上,以祀河鼓、织女。
⑨ "凤低"句,凤钗低垂,蝉鬓轻薄,双眉含愁。这是写七夕时妇女低头祷告的样子。

奕凌天一作曙河,①鸾咽鹤唳②飘飐歌。弯桥③销尽奈愁何,天气駘荡④云陂陀⑤。平明花木有愁意,露湿彩盘蛛网⑥多。

酬友人

辞荣亦素尚⑦,倦游⑧非夙心。宁复思金籍⑨,独此卧烟林。闲云无定貌,佳树有馀阴。坐久芰⑩荷

---

① "微光"句,言天欲明。奕奕,亮光闪动的样子。谢惠连诗:皎皎天月明,奕奕河宿烂。
② 鸾咽鹤唳,言鸟亦含悲。汤惠休诗:骖驾鸾鹤,往来仙灵。
③ 弯桥,《岁时广记》:乌雀填河成桥而渡织女。
④ 駘荡,犹施散。谢朓诗:春物方駘荡。
⑤ 陂陀,pōtuó,(云层)参差峥嵘貌。
⑥ 彩盘蛛网,《荆楚岁时记》:是夕(七夕),妇人结彩缕,穿七孔针,或以金、银、鍮石为针,陈瓜果于庭中以乞巧。有喜子网于瓜上,则以为符应。宋孝武帝诗:迎风披彩缕,向月贯玄针。
⑦ 素尚,犹言素志。
⑧ 倦游,《史记》:长卿故倦游。古注:厌游宦也。按:"辞荣"二句,言荣名不慕,但不倦游。
⑨ 金籍,谢朓诗:既通金闺籍,复酌琼筵醴。古注:金闺,金马门也。籍者,为二尺竹牒,记其年纪、名字、物色,悬之宫门,案省相应,乃得入也。
⑩ 芰,菱。四角曰芰,两角曰菱。

发，钓阑荭苇①深。游鱼自摇漾，②浴鸟故浮沉。唯君清露夕，一为洒烦襟③。

边笳④曲

朔管迎秋动，⑤雕阴⑥雁来早。上郡⑦隐黄云⑧，天山⑨吹白草⑩。嘶马悲一作渡寒碛⑪，朝阳照霜堡⑫。江南戍客心一作情，门外芙蓉老⑬。

---

① 苇，芦苇，生于陂泽。
② "游鱼"句，陶潜诗：临水愧游鱼。
③ 洒烦襟，消遣世虑。烦襟，烦闷的心怀。
④ 边笳，即胡笳，乐器。
⑤ "朔管"句，朔管，北方管乐器。这里指胡笳。李陵《答苏武书》：凉秋九月，塞外草衰。夜不能寐，侧耳远听。胡笳互动，牧马悲鸣。
⑥ 雕阴，郡名，隋置，在今陕西省榆林市绥德县。
⑦ 上郡，战国魏文侯置，在今陕西省榆林市及内蒙古自治区鄂尔多斯地。公元前328年，魏以其地县十五献给秦。秦因其地仍置上郡，郡治在肤施（今陕西省榆林市东南）。
⑧ 隐黄云，江淹诗：黄云蔽千里。
⑨ 天山，见《达摩支曲》注。
⑩ 白草，《汉书》：（鄯善国）地沙卤，少田……多葭苇、柽柳、胡桐、白草。李白诗：胡马秋肥宜白草。
⑪ 碛，qì，沙漠。
⑫ 堡，堡垒，小城。
⑬ 芙蓉老，李贺诗：鲤鱼风起芙蓉老。

侠客行[1]

欲出鸿都门[2],阴云蔽城阙[3]。宝剑黯如水,[4]微红湿余血。白马夜频惊—作嘶,[5]三更霸陵[6]雪。

春日野行

骑马踏烟莎[7],青春奈怨何。蝶翎朝粉尽,[8]鸦背夕阳多。柳艳欺芳带,[9]山愁萦翠蛾。[10]别情无处说,

---

① 侠客行,《乐府诗集》:战国时,列国公子……皆借王公之势,竞为游侠,以取重诸侯,显名天下。……后世遂有《游侠曲》。魏陈琳、晋张华又有《博陵王宫侠曲》。
② 鸿都门,洛阳北宫门。
③ 城阙,城门两边的望楼。《诗》:挑兮达兮,在城阙兮。古注:谓城之上别有高阙。
④ "宝剑"句,《吴越春秋辑校汇考》:越王允常聘欧冶子作名剑五枚。一曰纯钩。……秦客薛烛善相剑,越王……取纯钩示。薛烛曰:"光乎如屈阳之华,沉沉如芙蓉始生于湖。观其文,如列星之行。观其光,如水溢于塘。此纯钩也。"
⑤ "白马"句,卢思道诗:白马金羁侠少年。
⑥ 霸陵,汉文帝陵,在今陕西省西安市东。
⑦ 莎,suō,草名,多生在潮湿地区或河边沙地上。
⑧ "蝶翎"句,蝶翎,蝶翅。梁简文帝诗:花留蛱蝶粉。
⑨ "柳艳"句,言柳带与衣带争艳。李贺诗:官街柳带不堪折。
⑩ "山愁"句,言如山之愁,萦绕眉峰。萦,绕。翠蛾,翠眉。《西京杂记》:文君姣好,眉色如望远山。

方寸是星河。①

中书令裴公②挽歌词二首（录一）

箭下妖星落，风前杀气回。③国香荀令④去，楼月庾公⑤来。玉玺终无虑,⑥金縢竟不开。⑦空嗟荐贤

---

① "方寸"句，方寸谓心。星河，即天河。《列子》：吾见子之心矣，方寸之地虚矣。按：此句与《古诗十九首》中"河汉清且浅，相去复几许。盈盈一水间，脉脉不得语"之意相类。
② 裴公，《旧唐书》：裴度字中立，河东闻喜人。贞元五年进士擢第，累官门下侍郎、同中书门下平章事、蔡州刺史，充彰义军节度使。吴元济平，赐勋上柱国，封晋国公，食邑三千户，复知政事。薨时年七十五。
③ "箭下"二句，《旧唐书》：度二十七日至郾城，巡抚诸军，宣达上旨，士皆贾勇。出战皆捷。十月十一日，唐邓节度使李愬袭破悬瓠城，擒吴元济。
④ 荀令，荀彧。《襄阳耆旧记》：荀令君至人家，坐处三日香。这里用荀彧的功业比拟裴度，言他现在已经去世。
⑤ 庾公，庾亮。《晋书》：亮在武昌，诸佐吏殷浩之徒，乘秋夜往共登南楼，俄而不觉亮至，诸人将起避之。亮徐曰："诸君少住，老子于此处兴复不浅。"这里用庾亮的功业和雅致来比拟裴度。
⑥ "玉玺"句，《汉官旧仪》：皇帝六玺，皆白玉螭虎纽。《资治通鉴》：度在中书，左右忽白失印，闻者失色。度饮酒自如。顷之，左右白复于故处得印，度不应。或问其故。度曰："此必吏人盗之以印书券耳，急之则投诸水火，缓之则复还故处。"人服其识量。按：此句或指吴元济等叛变，赖裴度戡平之。
⑦ "金縢"句，《尚书正义》：武王有疾，周公作策书告神，请代武王死，

路,芳草满燕台①。

秘书刘尚书②挽歌词二首(录一)

麈尾近良玉,③鹤氅④吹素丝。坏陵殷浩谪,⑤春

事毕,纳书于金縢之匮,遂作《金縢》……及为流言所谤,成王悟而开之。《旧唐书》:开成二年,复以本官兼河东节度使。度累表固辞老疾。文宗遣吏部郎中卢弘往东都宣旨曰:"卿虽多病,年未甚老,为朕卧镇北门可也。"度不获已,之任。三年冬,病甚,乞还东都养病。四年,诏许还京,拜中书令。上巳曲江赐宴,群臣赋诗,度以疾不能赴。文宗遣中使赐度诗曰:"注想待元老,识君恨不早。我家柱石衰,忧来学丘祷。"仍赐御札。御札及门,而度已薨。

① 燕台,即黄金台。战国时燕昭王筑台于易水东南,置千金其上,延天下士。故址在今河北省易县。
② 刘尚书,刘禹锡。
③ "麈尾"句,麈,zhǔ,鹿类。麈尾,拂尘。麈尾辟尘,古常以为拂尘,因亦名拂尘曰麈尾。《世说》:王夷甫容貌整丽,妙于谈玄,恒捉白玉柄麈尾,与手都无分别。
④ 鹤氅,《晋书》:(王)恭美姿仪……尝披鹤氅裘,涉雪而行,孟昶窥见之,叹曰:"此真神仙中人也!"按:"麈尾""鹤氅"二句,写刘之仪表。
⑤ "坏陵"句,《晋书》:殷浩字深源,陈郡长平人。简文以浩有盛名,朝野推伏,故引为心膂,以抗于(桓)温,于是与温颇相疑贰。浩请进屯洛阳,修复园陵。后复进军,次山桑,士卒多亡叛。温上疏罪浩,竟坐废为庶人。按:此句谓刘不得志。

墅谢安棋。①京口贵公子,②襄阳诸女儿。③折花兼踏月,多唱柳郎词④。

送李亿东归

黄山⑤远隔秦树⑥,紫禁⑦斜通渭城⑧。别路青青柳弱,⑨前溪⑩漠漠⑪苔生。和风澹荡⑫归客,落月殷勤⑬

---

① "春墅"句,见《谢公墅歌》注。按:此句谓刘才堪大用。
② 京口贵公子,谓刘尚书。京口,今江苏省镇江市。
③ "襄阳"句,《乐府诗集》:《襄阳乐》者,宋随王诞之所作也。诞始为襄阳郡……夜闻诸女歌谣,因而作之。乐府《襄阳乐》:朝发襄阳城,暮至大堤宿。大堤诸女儿,花艳惊郎目。
④ 柳郎词,《南史》:(柳)恽字文畅,少有志行。好学,善尺牍。与陈郡谢瀹邻居,深见友爱。瀹曰:"宅南柳郎,可为仪表。"柳恽诗:春花复应晚。又:月影入兰台。按:最后四句言刘之生平文采风流。
⑤ 黄山,在今陕西省兴平市。
⑥ 秦树,秦地的树。秦,指陕西。杜甫诗:两行秦树直。
⑦ 紫禁,古人以紫微垣比喻皇帝的居处,故谓宫中为紫禁。
⑧ 渭城,汉县名,故城在今陕西省咸阳市。王维诗:渭城朝雨浥轻尘。
⑨ "别路"句,张正见诗:别路已经秋。
⑩ 前溪,当指眼前的灞水。乐府《前溪歌》:忧思出门倚,逢郎前溪度。
⑪ 漠漠,密布貌。陆机诗:街巷纷漠漠。
⑫ 澹荡,谓使人和畅。多形容春天的景物。
⑬ 殷勤,情意恳切。司马迁《报任少卿书》:接殷勤之余欢。

早莺①。霸上②金樽未饮,宴歌③已有余声。

赠蜀将

十年分散剑关④秋,万事皆随锦水⑤流。心一作志气已曾明汉节⑥,功名犹自滞一作尚带吴钩⑦。雕边认箭寒云重,⑧马上听笳塞草愁。今日逢君倍惆怅⑨,灌

---

① 莺,又名黄鹂、仓庚、黄鸟,雌雄常双飞。初春始鸣,声宛转清脆。
② 霸上,《汉书》注:霸上,地名,在长安东三十里,古曰滋水,秦穆公更名霸。
③ 宴歌,宴饮歌唱。
④ 剑关,《太平寰宇记》:(剑州)剑门县。……诸葛武侯相蜀,于此立剑门,以大剑山至此有隘束之路,故曰剑门。按:唐置剑门县,境内有剑门山。元废,故城在今四川省剑阁县。
⑤ 锦水,即锦江,又名流江,在四川境俗称府河,岷江分支之一。杜甫诗:锦江春色来天地。《华阳国志》:锦江,织锦濯其中则鲜明,濯他江则不好。
⑥ 汉节,《汉书》:(苏武)杖汉节牧羊,卧起操持,节旄尽落。
⑦ 吴钩,《吴越春秋》:吴王阖闾命于国中作金钩,令曰:"能为善钩者,赏之百金。"有人杀其二子,以血衅金,遂成二钩,献于阖闾。《梦溪笔谈》:唐人诗多有言吴钩者。吴钩,刀名也。校订者按:吴钩,一种形状像剑而弯曲的兵器,因春秋时吴人善铸钩而得名。后来也泛指利剑。鲍照诗:骢马金络头,锦带佩吴钩。这里吴钩已成为建功立业的象征。滞吴钩,谓至今犹未建功立业。
⑧ "雕边"句,王维诗:回看射雕处,千里暮云平。
⑨ 惆怅,悲哀。宋玉《九辩》:惆怅兮而私自怜。

婴韩信①尽封侯。

西江贻钓叟骞生

晴江一作碧天如镜月如钩,泛滟②苍茫③送客愁一作游。夜泪潜生《竹枝曲》④,春朝一作潮遥上一作听木兰舟⑤。事随云去身一作心难到,梦逐烟销水自流。昨日欢娱竟何在一作事,一枝梅⑥谢楚江头。

寄清源寺僧

石路无尘竹径开,昔年曾伴戴颙⑦来。窗间半

---

① 灌婴,睢阳人,封颍阴侯。韩信,淮阴人,封淮阴侯。
② 泛滟,水浮动貌。
③ 苍茫,无涯貌。
④ 《竹枝曲》,《乐府诗集》:《竹枝》本出于巴渝。唐贞元中,刘禹锡在沅湘,以俚歌鄙陋,乃依骚人《九歌》作《竹枝》新辞九章。……禹锡曰:"《竹枝》,巴歈也。巴儿联歌,吹短笛、击鼓以赴节。"
⑤ 木兰舟,任昉《述异记》:木兰川,在浔阳江中,多木兰树。昔吴王阖闾植木兰于此,用构宫殿也。七里洲中,有鲁班刻木兰为舟。
⑥ 一枝梅,《荆州记》:陆凯与范晔相善,自江南寄梅一枝,诣长安与晔,并赠诗曰:"折花逢驿使,寄与陇头人。江南无所有,聊赠一枝春。"
⑦ 戴颙,《南史》:戴颙,字仲若,谯郡人,父逵,兄勃,并隐遁有高名。父善琴书,颙并传之。颙,yóng。

偈①闻钟后，松下残棋送客回。帘一作檐向玉峰②藏一作笼夜雪，砌因蓝水③长秋苔。白莲社里如相问，为说一作说与游人是姓雷④。

重游圭峰宗密禅师⑤精庐⑥一作哭卢处士

百尺青崖三尺坟，微言⑦已绝杳难闻。戴颙⑧

---

① 偈，jì，梵语"偈陀"的简称，即佛经中的唱词。通常以四句为一偈，半偈是两句。
② 玉峰，即蓝田山，又名玉山，在今陕西省蓝田县东南。
③ 蓝水，即蓝溪、蓝谷水，源出秦岭，经蓝田县东南蓝谷，西北流入霸水。
④ 姓雷，《宋书》：雷次宗字仲伦，豫章南昌人也。少入庐山，事沙门释慧远，笃志好学，尤明三《礼》、《毛诗》，隐退不交世务。校订者按：这里诗人以雷次宗自喻。
⑤ 圭峰宗密禅师，唐代僧人，禅宗神会的四传弟子，华严宗五祖。俗姓何，果州西充（今属四川）人。二十七岁出家，后常住在陕西省鄠县（今户县）圭峰草堂寺。
⑥ 精庐，讲读之寺庙。《何氏语林》：何子季与周彦伦同时，二人精信佛法。子季别立精庐，都无妻妾。
⑦ 微言，《汉书》：仲尼没而微言绝。裴休《圆觉经略疏序》：（圭峰）禅师既佩南宗密印……凡《大疏》三卷、《大钞》十三卷、《略疏》两卷、《小钞》六卷、《道场修证仪》一十八卷，并行于世。
⑧ 戴颙，《南史》：自汉世始有佛像，形制未工，逵特善其事，颙亦参焉。宋世子铸丈六铜像于瓦官寺，既成，面恨瘦，工人不能改，乃迎颙看之。颙曰："非面瘦，乃臂胛肥耳。"及减臂胛，瘦患即除。

今日称居士①,支遁②他年识领军③。暂对杉—作山松如结社④,偶同—作因麋鹿自成群⑤。故山弟子空回首,葱岭唯—作还应见宋云。⑥

题李处士幽居

水玉⑦簪头白—作戴角巾⑧,瑶琴⑨寂历⑩拂轻尘。

---

① 居士,《礼记》:居士锦带。古注:居士,道艺处士。其后以称奉佛之士。又唐李白称青莲居士,宋欧阳修称六一居士,则不必全属于奉佛之人,故方外之称儒者亦曰居士。《法华经科注》:以道自居,故名。
② 支遁,《世说新语笺疏》:支遁字道林,河内林虑人……风期高亮,家世奉法。尝于余杭山沉思道行,泠然独畅。年二十五始释形入道。年五十三终于洛阳。
③ 王洽,字敬和,官领军,与支遁为方外交。
④ 结社,《旧唐书》:(白居易)与香山僧如满结香火社。
⑤ 麋鹿自成群,刘峻《广绝交论》:独立高山之顶,欢与麋鹿同群。
⑥ "葱岭"句,葱岭,古代对今帕米尔高原和昆仑山、天山西段的统称。《指月录》:(达磨)葬熊耳山,起塔定林寺。其年,魏使宋云葱岭回,见祖手携只履,翩翩而逝。云问:"师何往?"祖曰:"西天去。"云归,具说其事。及门人启圹,棺空,惟只履存焉。诏取遗履少林寺供养。
⑦ 水玉,《山海经》:堂庭之山……多水玉。古注:水玉,今水精也。按:水精即水晶。水玉簪头即水晶做的簪子。
⑧ 角巾,《何氏语林》:郭林宗尝行陈梁间,遇雨,巾一角沾折。二国学士着巾,莫不折其一角,云作林宗巾。
⑨ 瑶琴,琴之以玉饰者。
⑩ 寂历,犹寂寞。张说诗:空山寂历道心生。

浓阴似帐红薇晚,①细雨如烟碧草春—作新。隔竹见笼疑有鹤,卷帘看画静—作更无人。南山—作窗自是—作有忘年—作机友,②谷口徒称郑子真③。

利州④南渡

澹然⑤空水带—作对斜晖,曲岛⑥苍茫接翠微⑦。波上马嘶看棹去,柳边人歇待船归。⑧数丛沙草群鸥⑨散,万顷江田一鹭⑩飞。谁解乘舟寻范

---

① "浓阴"句,李贺诗:薇帐逗烟生绿尘。按:红薇当指紫薇而言。紫薇花红紫或白,夏日开,秋日方罢,故又名百日红。
② "南山"句,指与山为友。人仅数十年,而山已不知几多年。陶渊明诗:悠然见南山。李白诗:相看两不厌,只有敬亭山。
③ 郑子真,名朴,汉褒中人,家于谷口,修道守默,名震京师。成帝时,大将军王凤备礼聘之,不诎而终。
④ 利州,唐属山南西道,在今四川省广元市。
⑤ 澹然,恬静貌。《老子》:澹兮其若海。
⑥ 岛,《说文》:海中往往有山可依止曰岛。按:一望空水苍茫中,有一小陆地,故以岛状之。
⑦ 翠微,形容山光水色青翠缥缈。
⑧ "波上"二句,谓在岸上待渡的人系马柳树下,马在岸边嘶鸣。眼看渡船南去,待其归来。波上,犹言江边。
⑨ 鸥,水鸟名,羽毛白色,翼灰白色,长过其尾,常集海上。
⑩ 鹭,水鸟名,羽纯白,亦称白鹭,颈脚皆长,嘴长二三寸,顶有白毛,颇长,肩背胸部亦生长毛,毵毵如丝,故一名鹭鸶。

蠡①，五湖②烟水独忘机。

李羽处士寄新酝③走笔戏酬

高谈有伴还成薮，④沉醉无期即是乡。⑤已恨流莺欺谢客⑥，更将浮蚁⑦与刘郎⑧。檐前柳色分张绿，窗外

---

① 范蠡，《吴越春秋》：（范）蠡字少伯，乃楚宛三户人也。《史记》：范蠡事越王句践……灭吴。……乃装其轻宝珠玉，自与其私徒属乘舟浮海以行，终不反。
② 五湖，指太湖一带的湖泊。
③ 新酝，新酿之酒。酝，yùn，指酒。
④ "高谈"句，李白《春夜宴从弟桃李园序》：高谈转清。《世说》：裴仆射（頠），时人谓为"言谈之林薮"。
⑤ "沉醉"句，《新唐书》：（王绩）著《醉乡记》，以次刘伶《酒德颂》。《旧唐书》：王绩字无功……尝躬耕于东皋，故时人号东皋子。或经过酒肆，动经数日，往往题壁作诗，多为好事者讽咏。
⑥ 谢客，指南朝宋谢灵运。钟嵘《诗品》：初，钱塘杜明师夜梦东南有人来入其馆，是夕，即灵运生于会稽。旬日，而谢玄亡。其家以子孙难得，送灵运于杜治养之。十五方还都，故名客儿。
⑦ 浮蚁，酒滓之浮上者。此处借指酒。庾信诗：浮蚁对春开。
⑧ 刘郎，指刘公荣。这里反用阮籍事，以刘公荣自喻，感谢李羽处士赠酒。《世说》：王戎弱冠诣阮籍，时刘公荣在坐。阮谓王曰："偶有二斗美酒，当与君共饮，彼公荣者无预焉。"二人交觞酬酢，公荣遂不得一杯，而言语谈戏，三人无异。或有问之者，阮答曰："胜公荣者，不得不与饮酒；不如公荣者，不可不与饮酒；唯公荣可不与饮酒。"

花枝借助香。所恨玕筵①红烛夜，草玄②寥落近回塘。

南湖③

湖上微风入槛④凉，翻翻菱荇⑤一作荷芰满回塘。野船着岸偎⑥春草，水鸟带波飞夕阳。芦叶有声疑雾雨，浪花无际似潇湘⑦。飘然篷艇⑧一作顶东归一作游客，尽日相看忆楚乡。

题西明寺僧院

曾识匡山⑨远法师⑩，低松片石对前墀⑪。为寻名

---

① 玕筵，犹言美筵。
② 草玄，《汉书》：时雄方草《太玄》，有以自守，泊如也。
③ 南湖，又名鉴湖、镜湖、长湖、大湖、庆湖，在今浙江省绍兴市南。唐玄宗赐秘书监贺知章镜湖一曲，故又名贺监湖。《元和郡县图志》：镜湖，后汉永和五年太守马臻创立。
④ 槛，jiàn，指船。
⑤ 荇，叶似莼，茎叶嫩时可食，故称荇菜。《诗》：参差荇菜。
⑥ 偎，wēi，紧靠着。
⑦ 潇湘，水名，湘水合潇水之称。《山海经》：交潇、湘之渊。按：今潇、湘合流处，在湖南省永州市零陵区北。
⑧ 篷艇，船。篷，织竹夹箬以覆舟者，故舟又名篷。
⑨ 匡山，即江西庐山。《南史》：（刘慧斐）游于匡山，遇处士张孝秀，相得甚欢，遂有终焉之志，因不仕。
⑩ 远法师，《高僧传》：释慧远，本姓贾氏，雁门娄烦人也……卜居庐阜三十余年，影不出山，迹不入俗。
⑪ 墀，chí，台阶上面的空地。

画来过寺一作院,因访闲人得看棋①。新雁参差②云碧处,寒鸦辽绕叶红时。自知终有张华③识,不向沧洲④理钓丝。

哭王元裕

闻说萧郎⑤逐逝川,伯牙因此绝清弦。⑥柳边犹忆青骢⑦影,坟上俄⑧生碧草烟。箧⑨里诗书疑

---

① 看棋,《太平寰宇记》:昔樵人王质入山,见二仙人围棋,质乃坐斧而观。二仙棋讫,质亦起,见斧柯已烂。
② 参差,不齐貌。
③ 张华,《晋书》:张华字茂先,范阳方城人也……性好人物,诱进不倦,至于穷贱候门之士有一介之善者,便咨嗟称咏,为之延誉。
④ 沧洲,犹言水滨,隐者所居。陆云《泰伯庙碑》:沧洲遁迹,箕山辞位。
⑤ 萧郎,对萧姓男子的敬称。《梁书》:(王)俭一见(梁武帝),深相器异,谓庐江何宪曰:"此萧郎三十内当作侍中,出此则贵不可言。"《全唐诗话》:崔郊有婢,鬻于连帅,郊有诗曰:"侯门一入深如海,从此萧郎是路人。"后以"萧郎"指美好的男子或女子爱恋的男子。
⑥ "伯牙"句,《韩诗外传》:伯牙鼓琴,钟子期听之。方鼓琴志在太山,钟子期曰:"善哉鼓琴,巍巍乎如太山!"志在流水,钟子期曰:"善哉鼓琴,洋洋乎若江河!"钟子期死,伯牙擗琴绝弦,终身不复鼓琴。
⑦ 青骢,毛色青白相杂的骏马。
⑧ 俄,顷刻。时之至短速者,曰俄顷。
⑨ 箧,小箱子。大曰箱,小曰箧。

谢①后,梦中风貌似潘②前。他时若到相寻处,碧树红楼③自宛然④。

法云双桧⑤ 一作晋朝柏树

晋朝名辈此离群,想对浓阴去住分。题处尚寻王内史⑥,画时应是顾将军⑦。长廊⑧夜静声疑雨,古殿秋深影胜云。一下南台⑨到人世,晓泉清籁⑩更难闻。

---

① 谢,指谢灵运。《宋书》:灵运少好学,博览群书,文章之美,江左莫逮。
② 潘,指潘岳。《晋书》:(潘)岳美姿仪……少时常挟弹出洛阳道,妇人遇之者,皆连手萦绕,投之以果,遂满车而归。
③ 碧树红楼,江淹诗:碧树先秋落。江总诗:红楼千愁色。
④ 宛然,犹依然。
⑤ 法云双桧,《维扬志》:谢安镇广陵,于宅中手植双桧。至唐改为法云寺,其树犹存,在大东门外。
⑥ 王内史,晋王羲之,字逸少,为右军将军、会稽内史,临池学书,池水尽黑,草隶(指草隶书。初期草书乃隶书的草写体,故名)为古今之冠。
⑦ 顾将军,晋顾恺之,字长康,无锡人,尝为桓温及殷仲堪参军。尤善丹青,图写特妙,谢安深重之。每画人成,或数年不点目精,曰:"传神写照,正在阿堵中。"俗传恺之有三绝:才绝,画绝,痴绝。
⑧ 廊,屋檐下的通道,或有顶的独立通道。
⑨ 南台,法云寺中南面的楼台。
⑩ 清籁,犹清响。籁,凡空虚所发之声皆曰籁。

春日偶作

西园一曲艳阳①歌,扰扰②车尘负薜萝③。自欲放怀④犹未得,不知经世⑤竟如何!夜闻猛雨判⑥花尽,寒恋重衾觉梦多。钓渚别来应更好,春风还为起微波。

马嵬驿⑦

穆满⑧曾为物外游,六龙⑨经此暂淹留。返

---

① 艳阳,阳春之时。杜甫诗:竞将明媚色,偷眼艳阳天。
② 扰扰,纷乱的样子。
③ 负薜萝,言未能归隐。薜萝,屈原《九歌》:若有人兮山之阿,被薜荔兮带女萝。谢灵运诗:想见山阿人,薜萝若在眼。后因称隐者之服为薜萝。
④ 放怀,开怀,放宽心怀。张煌言诗:人居闲处非佳境,事到难时且放怀。
⑤ 经世,李康《运命论》:言足以经万世,而不见信于时。
⑥ 判,断定。
⑦ 马嵬驿,郑樵《通志》:马嵬坡,在西安府兴平县西二十五里。《旧唐书》:(贵妃)从幸至马嵬,禁军大将陈玄礼密启太子,诛国忠父子。既而四军不散。……帝不获已,与妃诀,遂缢死于佛室。时年三十八,瘗于驿西道侧。
⑧ 穆满,周穆王名满,后人常称穆满。王融《三月三日曲水诗序》:穆满八骏,如舞瑶水之阴。按:此句指唐玄宗幸蜀。
⑨ 六龙,天子之车驾六马,故以六龙为喻。李白诗:谁道君王行路难,六龙西幸万人欢。按:此句指过马嵬驿时,六军不发。

魂①无验青烟灭,埋血②空生碧草愁。香辇却归长乐殿③,晓钟还下景阳楼④。甘泉⑤不复重相见,谁道文成⑥是故侯。

题望苑驿⑦

弱柳千条杏一枝,半含春雨半垂—作含丝。景

---

① 返魂,《十洲记》:(聚窟洲)多大树,与枫木相类,而花叶香闻数百里,名为反魂树。……或名之为反生香。……斯灵物也,香气闻数百里,死者在地,闻香气乃却活。
② 埋血,《庄子》:苌弘死于蜀,藏其血,三年而化为碧。按:"返魂""埋血"二句,言贵妃死于马嵬驿。
③ 长乐殿,汉宫名,在今陕西省西安市西北汉长安故城中。本秦兴乐宫,汉修饰之,因更名,内有长信、长秋诸宫殿。唐时尚存,天宝以后废。按:此处借指唐代宫殿楼阁。
④ 景阳楼,见《鸡鸣埭曲》注。按:此处借指唐代宫殿楼阁。
⑤ 甘泉,《汉书》:李夫人少而早卒,上怜闵焉,图画其形于甘泉宫。……上思念李夫人不已,方士齐人少翁言能致其神。乃夜张灯烛,设帷帐,陈酒肉,而令上居他帐,遥望见好女如李夫人之貌。
⑥ 文成,《史记》:(元狩四年)齐人少翁以鬼神方见上。……于是乃拜少翁为文成将军。……居岁余,其方益衰,神不至。……于是诛文成将军,隐之。按:最后四句言香辇虽归,晓钟犹是,而贵妃不可复睹矣。
⑦ 望苑驿,东有马嵬驿,西有端正树。望苑驿即博望苑,旧址在今陕西省西安市。

阳寒井①人难到,长乐晨钟②鸟一作晓自知。花影至今一作几年通博望③,树名从此一作何世号相思④。分明一作至今十二楼前月,不向西陵照盛一作戚姬⑤。

题柳

杨柳千条拂面丝,⑥绿烟金穗不胜吹。香随静婉⑦歌尘起,影伴娇娆⑧舞袖垂。羌管一声何处曲⑨,流莺百啭最高枝。⑩千门九陌⑪一作曲花如雪,飞过

---

① 景阳井,南朝陈景阳殿之井,又名胭脂井、辱井,在江苏省南京市。见《鸡鸣埭曲》注。
② 晨钟,《三辅黄图》:钟室,在长乐宫。
③ 通博望,《汉书》:(戾太子据)及冠就宫,上为立博望苑,使通宾客。
④ 相思,王金珠诗:南有相思木,合影复同心。
⑤ 盛姬,姬姓,盛伯的女儿。据《穆天子传》,穆天子到河济巡狩时,盛伯把自己的女儿献给他。盛姬感染风寒,后重病去世。穆天子悲哀不已,把她的灵柩停放在谷丘的宗庙里,为她举行盛大的葬礼。白居易诗:君不见穆王三日哭,重璧台前伤盛姬。
⑥ "杨柳"句,《南史》:(刘悛)献蜀柳数株,枝条甚长,状如丝缕。
⑦ 静婉,见《张静婉采莲曲》注。
⑧ 娇娆,指美女。杜甫诗:佳人屡出董娇娆。
⑨ 曲,王僧虔《技录》:《折杨柳》,古曲名。
⑩ "流莺"句,啭,鸟鸣。庾信《春赋》:新年鸟声千种啭。贾至诗:千条弱柳垂青琐,百啭流莺绕建章。
⑪ 九陌,市中街道。《后汉书》:填接街陌。

宫墙两自一作不知。

和友人悼亡

玉貌潘郎①泪满衣,画罗轻鬓雨霏微②。红兰委露③愁难尽,白马朝天望不归。④宝镜尘昏鸾影⑤在,钿筝弦断雁行稀。⑥春风几许伤情事,碧草侵阶粉蝶飞。

池塘七夕一作初秋

月出西南露气秋,绮寮一作罗河汉在针楼一作斜沟。⑦

---

① 潘郎,潘岳,有《悼亡诗》,此处指友人。见《哭王元裕》注。
② 霏微,雨细之状。
③ 红兰委露,江淹《别赋》:见红兰之受露。此处喻女子亡故。
④ "白马"句,谓亡者已下葬,再无归来之期。白马素车是古代凶丧车马。白马朝天,指拉灵车的白马仰天长嘶。《史记》注:素车白马,丧人之服也。
⑤ 鸾影,此处谓男方犹如吊影之孤鸾。
⑥ "钿筝"句,温庭筠诗:钿蝉金雁皆零落。按:宝镜蒙尘、钿筝弦断,谓其人已逝。
⑦ "绮寮"句,绮寮,精美的窗户。寮,liáo。河汉,天河。左思《魏都赋》:皦日笼光于绮寮。《古诗十九首》:皎皎河汉女。《岁时广记》:宫中七夕,以锦彩结成楼殿,高百丈,可容数十人,陈瓜果酒炙,设坐具,以祀牛、女二星。嫔妃穿针乞巧,动清商之曲,宴乐达旦。士民皆效之。

杨家绣作鸳鸯幔，①张氏②金为翡翠钩。香烛有光一作花妨宿燕，画屏无睡待牵牛③。万家砧杵④三篙水⑤，一夕横塘⑥似一作是旧游。

寄河南⑦杜少尹

十载归来鬓未凋，玳簪珠履⑧见常僚。岂关名利分荣路⑨，自有才华作庆霄⑩。鸟影参差一作不飞经

---

① "杨家"句，幔，帷幕。《隋书》：（苏）威见宫中以银为幔钩。
② 张氏，当指汉代显宦张安世。此处泛指显宦之家。
③ 牵牛，即牛郎星，又名河鼓、黄姑、扁担星，在天河侧，与织女星相对。
④ 砧杵，捣衣之用。砧，捣衣石。杵，捣衣棒槌。《易》：断木为杵。乐府《子夜四时歌·秋歌》：佳人理寒服，万结砧杵劳。韦应物诗：数家砧杵秋山下。
⑤ 三篙水，犹言水深三篙。
⑥ 横塘，即诗题之池塘。
⑦ 河南，《新唐书》：河南府河南郡，本洛州，开元元年为府。按：治今河南省洛阳市。
⑧ 玳簪珠履，《史记》：赵使欲夸楚，为玳瑁簪，刀剑室以珠玉饰之，请命春申君客。春申君客三千余人，其上客皆蹑珠履以见赵使，赵使大惭。
⑨ 荣路，元稹诗：荣路昔同趋。
⑩ 庆霄，庆云。谢瞻诗：庆霄薄汾阳。

上苑①，骑声相续过中桥②。夕阳亭③畔一作下山如画，应念田歌正寂寥。

赠知音一作晓别

翠羽花冠碧树鸡④，未明先向短墙啼。窗间谢女⑤青蛾敛⑥，门外萧郎⑦白马嘶。残曙⑧微星当户没，澹烟⑨斜月照楼低。上一作景阳宫⑩里钟初动，不语垂鞭⑪上一作过柳堤。

---

① 上苑，上林苑，在今陕西省西安市西及周至、户县界。秦旧苑，汉武帝更增广之。周袤三百里，离宫七十所。
② 中桥，中渭桥。渭桥有三，曰东渭桥、中渭桥、西渭桥。中渭桥在陕西故汉长安城，北接咸阳市界，本名横桥。秦始皇都咸阳，渭水南有长乐宫，渭水北有咸阳宫，因造此桥以通二宫。
③ 夕阳亭，在河南省洛阳市西。《晋书》：（贾）充既外出，自以为失职。……将之镇，百僚饯于夕阳亭。
④ 碧树鸡，温庭筠诗：碧树一声天下晓。
⑤ 谢女，谢道蕴，王凝之妻，幼聪敏。李贺诗：檀郎谢女眠何处。
⑥ 青蛾敛，青黛色的眉毛紧皱。青蛾，青黛画的眉毛。敛，聚集。
⑦ 萧郎，见《哭王元裕》注。此处指女子爱恋的情郎。《旧唐书》：高祖每临轩听政，必赐升御榻，（萧）瑀既独孤氏之婿，与语呼之为萧郎。按：诗中"谢女""萧郎"均为泛指。
⑧ 残曙，犹言初晓。曙，天亮。
⑨ 澹烟，轻烟。
⑩ 上阳宫，在今河南省洛阳市，唐高宗时建。此处泛指皇宫。
⑪ 垂鞭，李白诗：薄暮垂鞭醉酒归。

过陈琳①墓

曾于青史见遗文②,今日飘零一作蓬过古一作此坟。词客有灵应识我,霸才无主始怜君。③石麟④埋没藏春一作秋草,铜雀⑤荒凉对暮云。莫怪临风倍惆怅,欲将书剑学从军。⑥

---

① 陈琳,字孔璋,广陵人。避乱冀州,袁绍辟之,使典密事。尝为绍移书曹操,数其罪状,绍败归操,操爱其才而不咎,辟为军谋祭酒,典记室,病卒。墓在今江苏省徐州市邳县。
② 遗文,指陈琳《为袁绍檄豫州》。
③ "霸才"句,霸才,指陈琳。言自己虽有才而无明主赏识,故更羡慕陈琳受知遇之恩。《三国志》:(陈)琳避难冀州,袁绍使典文章。袁氏败,琳归太祖。太祖谓曰:"卿昔为本初移书,但可罪状孤而已,恶恶止其身,何乃上及父祖邪?"琳谢罪,太祖爱其才而不咎。
④ 石麟,古代帝王陵前的石雕麒麟。《西京杂记》:五柞宫……西有青梧观,观前有三梧桐树。树下有石麒麟二枚,刊其胁为文字,是秦始皇郦山墓上物也。
⑤ 铜雀,《三国志》:(建安十五年)冬,作铜雀台。魏武帝《遗令》:吾婢妾与伎人皆勤苦,使著铜雀台,善待之。于台堂上安六尺床,施繐帐,朝晡上脯糒之属。月旦十五日,自朝至午,辄向帐中作伎乐。汝等时时登铜雀台,望吾西陵墓田。
⑥ "莫怪"二句,诗人因吊陈而自叹不遇之词。言我今空有才能而无主赏识,故临风凭吊,倍感惆怅,欲挟书剑,仿效陈琳从军,或可遇明主,得以施展才能。

题崔公池亭旧游—作题怀贞亭旧游

皎镜①芳—作方塘菡萏②秋,此来重见采莲舟③。谁能不逐—作遂当年乐,还恐添成异日愁。红艳影—作花多风袅袅④,碧空云断水悠悠。⑤檐前依旧青山色,尽日无人独上楼。

回中⑥作

苍莽⑦寒空远色愁,呜呜戍角⑧上高楼。吴姬怨思吹双管,燕客悲歌动—作别五侯⑨。千里关山边草

---

① 皎镜,言水明如镜。皎,洁白,明亮。
② 菡萏,荷花。
③ 采莲舟,吴均诗:锦带杂花钿,罗衣垂绿川。问子今何去,出采江南莲。陈后主诗:中妇荡莲舟。
④ 袅袅,风动貌。屈原《九歌》:袅袅兮秋风。
⑤ "碧空"句,言塘水与碧空相映之景。悠悠,长远、连绵不断的样子。
⑥ 回中,指回中道。关中平原与陇东高原间的交通要道。南起汧水河谷,北出萧关,因经回中得名。
⑦ 苍莽,广阔无边的样子。
⑧ 呜呜,状角声。戍角,守卫士兵吹起的号角。
⑨ 五侯,泛指显贵。荀悦《汉纪》:(河平二年)六月,封舅谭为平阿侯,商为成都侯,立为红阳侯,根为曲阳侯,逢时为高平侯,同日受封,故世谓"五侯"。

暮,一星烽火①朔云秋。夜来霜重西风起,陇水②无声噎③一作冻不流。

西江上送渔父

却逐严光④向若耶⑤,钓轮⑥菱棹寄年华。三秋梅雨⑦愁枫叶⑧,一夜篷舟宿苇花。不见水云应有梦,偶随鸥鹭一作烟鸟便成家。白蘋风起⑨楼船⑩暮,江燕

---

① 烽火,《说文》:烽,候表也,边有警则举火。
② 陇水,即陇关上所流水。
③ 噎,yē,本义指喉咙梗塞,这里指阻塞。《诗》:中心如噎。
④ 严光,字子陵,东汉余姚人,少有高名,与光武同游学。及光武即位,乃变名姓,隐身不见。帝思其贤,乃令以物色访之。除为谏议大夫,不屈,乃耕于富春山,后人名其钓处为严陵濑。
⑤ 若耶,若耶溪,出今浙江省绍兴市南若耶山。溪旁旧有浣纱石古迹,相传即西施浣纱处,故又名浣纱溪。
⑥ 钓轮,钓鱼车上的轮子。上面缠络钓丝,既可放远,也可迅速收回。
⑦ 梅雨,三秋气候渐寒,萧萧多雨,故状其如梅雨。《尔雅翼》:江南梅熟之时,辄有细雨……谓之梅雨。
⑧ 愁枫叶,恐红叶为苦雨凋零。枫叶,经秋而红。
⑨ 白蘋风起,白蘋,生于浅水,夏秋季开白花。四叶合成一叶,如田字,故又名田字草、田字萍。见《江南曲》注。宋玉《风赋》:夫风生于地,起于青蘋之末。柳恽诗:汀洲采白蘋。
⑩ 楼船,船之大者,船上有楼。

双双五两^①斜。

七夕

鹊归^②燕去^③两悠悠，青琐^④西南月似钩。天上岁时星又转，人间离别水东流。金风^⑤入树千门夜，银汉横空万象秋。苏小^⑥横一作回塘通桂楫^⑦，未应清浅隔牵牛^⑧。

题韦筹博士草堂

玄晏先生^⑨已白头，不随鹓鹭狎群鸥^⑩。元卿谢

---

① 五两，古代的测风器。鸡毛五两或八两系于高竿顶上，借以观测风向、风力。郭璞《江赋》：觇五两之动静。
② 鹊归，言鹊桥不复在。《风俗通》：织女七夕当渡河，使鹊为桥。庾肩吾诗：倩语雕陵鹊，填河未可飞。
③ 燕去，每年春分前后，来自暖地，巢于人家屋梁，秋分复去。
④ 青琐，镂刻成格的窗户。《世说》：贾女于青琐中看，见（韩）寿，说之。
⑤ 金风，秋风。张协诗：金风扇素节。
⑥ 苏小，见《苏小小歌》注。李贺诗：钱塘苏小小，更值一年秋。
⑦ 桂楫，犹桂舟，对船的美称。
⑧ 牵牛，见《池塘七夕》注。
⑨ 玄晏先生，《晋书》：皇甫谧字士安……自号玄晏先生。……耽玩典籍，忘寝与食，时人谓之书淫。
⑩ 狎群鸥，江淹诗：物我俱忘怀，可以狎鸥鸟。

免开三径,①平仲朝归卧一裘。②醉后独知殷甲子③,病来犹作晋春秋④。沧浪未濯尘缨在,⑤野水无情处处流。

经李征君故居

露浓烟重草萋萋,树映阑干⑥柳拂堤。一院落花无客醉,五更残月有莺啼。芳筵想像情难尽,故榭⑦荒凉路已迷。惆怅羸骖⑧往来惯,每经门巷亦长嘶⑨。

---

① "元卿"句,《三辅决录》:蒋诩字元卿,舍中三径,惟裘仲、羊仲从之游。
② "平仲"句,晏婴字平仲,春秋齐人,相齐景公。《礼记》:晏子一狐裘三十年。
③ 殷甲子,周代的历法和时日干支。
④ 晋春秋,《晋书》:(桓)温觊觎非望,(习)凿齿在郡,著《汉晋春秋》以裁正之。起汉光武,终于晋愍帝。于三国之时,蜀以宗室为正,魏武虽受汉禅晋,尚为篡逆,至文帝平蜀,乃为汉亡而晋始兴焉。……凡五十四卷。后以脚疾,遂废于里巷。
⑤ "沧浪"句,尘缨,比喻尘俗之事。屈原《渔父》:沧浪之水清兮,可以濯吾缨。
⑥ 树映阑干,指树的影子落在栏杆上。阑干,即栏杆,作遮拦用。李白诗:沉香亭北倚阑干。
⑦ 榭,建在高台上的木屋。见《谢公墅歌》注。
⑧ 羸骖,瘦马。
⑨ 嘶,马鸣。李白诗:征马百度嘶。

送崔郎中赴幕

一别黔巫^①一作南似断弦^②，故交东去更凄一作潸然。心游目送一作断三千里，雨散云飞二十年。发迹岂劳天上桂，^③属词还得幕中莲。^④相思休话长安远^⑤，江月随人处处圆。

---

① 黔巫，四川巫山及古黔中一带。按：唐代黔中郡，治今重庆市彭水县。
② 断弦，王僧孺诗：断弦犹可续，心去最难留。
③ "发迹"句，谓显达不必皆由科举登第这一条路。可见崔君当非由科举及第为官。《晋书》：（郤）诜对曰："臣举贤良对策，为天下第一，犹桂林之一枝，昆山之片玉。"后用"桂林一枝"表示才学出众，用"折桂""攀桂"等比喻科举及第。
④ "属词"句，言崔君因擅长写作而得以入聘。属词，做文章。《南史》：（王俭）乃用（庾）杲之为卫将军长史，安陆侯萧缅与俭书曰："盛府元僚，实难其选。庾景行泛绿水，依芙蓉，何其丽也。"时人以入俭府为莲花池，故缅书美之。
⑤ 长安远，《晋书》：（明帝）幼而聪哲，为元帝所宠异。年数岁，尝坐置膝前，属长安使来，因问帝曰："汝谓日与长安孰远？"对曰："长安近。不闻人从日边来，居然可知也。"元帝异之。明日，宴群僚，又问之。对曰："日近。"元帝失色，曰："何乃异间者之言乎？"对曰："举目则见日，不见长安。"由是益奇之。后用来比喻向往帝都而不能至。这里指崔君思念我而嫌路远难至。按："相思""江月"二句，谓分别之后，君若思念我，不要说长安路远，我的相思已寄托给明月而一路随君。

经旧游

珠箔①金一作银钩对彩桥②,昔年于此见娇娆③。香灯怅望飞琼④鬓,凉月殷勤⑤碧玉⑥箫。屏倚故窗山六扇,⑦柳垂寒砌⑧露千条。坏墙经雨苍苔遍,拾得当时旧翠翘⑨。

---

① 珠箔,即珠帘。箔,bó。《三秦记》:明光殿,皆金玉珠玑为帘箔。
② 彩桥,装饰华丽的桥。李白诗:双桥落彩虹。
③ 娇娆,见《题柳》注。
④ 飞琼,仙女名。此处借指所怀女子。《文献通考》:西王母命侍女许飞琼鼓震灵之簧。
⑤ 殷勤,情真意切。
⑥ 碧玉,指侍姬,兼指箫的材质。乐府《碧玉歌》:碧玉破瓜时。庾信诗:定知刘碧玉,偷嫁汝南王。
⑦ "屏倚"句,钱惟演诗:山屏六曲归来夜。《旧唐书》:御制前代君臣事迹十四篇,书于六扇屏风。
⑧ 砌,见《鸡鸣埭曲》注。
⑨ 翠翘,古代妇人首饰。《山堂肆考》:翡翠鸟尾上长毛曰翘,美人首饰如之,因名翠翘。韦应物诗:丽人绮阁情飘飘,头上鸳钗双翠翘。

老君庙①

　　紫气②氤氲③捧半岩,莲峰仙掌④共巉巉⑤。庙前晚色连寒水,天外斜阳带远帆。百二关山⑥扶玉座,五千文字闭瑶缄。⑦自怜金骨⑧无人识,知有飞龟⑨在石函。

---

① 老君庙,《封氏闻见记》:高祖武德三年,晋州人吉善行于羊角山见白衣老父,呼善行,谓曰:"为吾语唐天子:吾是老君,即汝祖也。今年无贼,天下太平。"高祖即遣使致祭,立庙于其地。《旧唐书》:天宝元年……田同秀上言:"玄元皇帝降见于丹凤门之通衢,告赐灵符在尹喜之故宅。"上遣使就函谷故关尹喜台西发得之,乃置玄元庙于大宁坊。按:老君即李耳。唐奉老子为始祖,尊为玄元皇帝。
② 紫气,《关令内传》:关令尹喜登楼四望,见东极有紫气西迈,喜曰:"……应有圣人经过京邑。"至期乃斋戒。其日,果见老子。
③ 氤氲,烟云弥漫的样子。杜甫诗:佳气日氤氲。
④ 莲峰仙掌,华山有莲华峰、仙掌岩。
⑤ 巉巉,高峻貌。巉,chán。
⑥ 百二关山,《汉书》:秦,形胜之国也,带河阻山,悬隔千里,持戟百万,秦得百二焉。古注:秦地险固,二万人足当诸侯百万人也。
⑦ "五千"句,五千文字,《史记》:(老子)至关,关令尹喜曰:"子将隐矣,强为我著书。"于是老子乃著书上下篇,言道德之意五千余言而去。闭,bì,隐而不发。瑶缄,藏书的玉箧。
⑧ 金骨,犹言仙骨。
⑨ 飞龟,道家仙药名。庾信《李夫人墓志铭》:飞龟之散,遣疾无征。《神仙传》:(华子期)师禄里先生,受隐仙灵宝方。一曰伊洛飞龟秩,二曰伯禹正机,三曰平衡方。按合服之,日以还少。……后乃仙去。

经五丈原①

铁马②云雕③久一作共绝尘④，柳阴高压汉营春。⑤天晴一作清杀气屯关右⑥，夜半妖星照渭滨⑦。下国⑧卧龙⑨空误一作寤主，中原逐一作得鹿⑩不因人。象床锦帐无言语，从此谯周⑪是老臣。

---

① 五丈原，在今陕西省岐山县南，渭水南岸。《三国志》：（建兴）十二年春，（诸葛）亮悉大众由斜谷出，以流马运，据武功五丈原，与司马宣王对于渭南。……八月，亮疾病，卒于军。
② 铁马，穿着铁甲的战马。《宋书》：铁马二千，风驱电击。
③ 云雕，空中的雕鸟。
④ 绝尘，绝迹。
⑤ "柳阴"句，谓诸葛亮本以治军严整著称，如今却只见浓密的柳荫高高覆盖着往日的汉营。《汉书》：（周）亚夫为将军军细柳。……文帝曰："嗟乎，此真将军矣！"
⑥ 关右，指函谷关以西之地。
⑦ 妖星照渭滨，《三国志》：（诸葛亮）据武功五丈原。……患粮不继，使己志不申，是以分兵屯田，为久驻之基。耕者杂于渭滨居民之间，而百姓安堵，军无私焉。古注：有星赤而芒角，自东北西南流，投于亮营，三投再还，往大还小，俄而亮卒。
⑧ 下国，指偏处西南一隅之蜀汉，含贬义。
⑨ 卧龙，《三国志》：（徐庶）谓先主曰："诸葛孔明者，卧龙也。"
⑩ 中原逐鹿，《史记》：秦失其鹿，天下共逐之，于是高材疾足者先得焉。
⑪ 谯周，《三国志》：谯周字允南，巴西西充国人也……亮卒于敌庭，周在家闻问，即便奔赴……后主立太子，以周为仆，转家令。时后主颇出游观，增广声乐。周上疏谏……徙为中散大夫，犹侍太子。……后迁光禄大夫，位亚九列。周虽不与政事，以儒行见礼，时访大议，辄据经以对，而后生好事者亦咨问所疑焉。

蔡中郎坟①

古坟零落野花春,闻说中郎有后身②。今日爱才非昔日,莫抛心力作词人。

题友人居

尽日松堂看画图,绮疏③岑寂似清都④。若教烟水无鸥鸟,张翰⑤何由到五湖⑥。

---

① 蔡邕,字伯喈,陈留人。拜左中郎将。王允收付廷尉,邕遂死狱中。《吴地志》:坟在毗陵尚宜乡互村。按:毗陵,汉县名,治今江苏省常州市。
② 后身,《太平广记》:张衡死月,蔡邕母始怀孕。此二人才貌甚相类,时人云邕是衡之后身。
③ 绮疏,雕饰镂空花纹的窗户。
④ 清都,神话传说中天帝居住的宫阙。《列子》:清都、紫微、钧天、广乐,帝之所居。
⑤ 张翰,字季鹰,吴人。有清才,入洛,齐王冏辟为大司马东曹掾。因见秋风起,乃思吴中菰菜、莼羹、鲈鱼脍,遂命驾而归。
⑥ 五湖,有不同说法,概括起来有三:(1)太湖。《国语》注:五湖,今太湖。张勃《吴录》:五湖者,太湖之别名也。(2)太湖与周边的四个湖。《史记》注:五湖者,具区、洮滆、彭蠡、青草、洞庭是也。(3)江南五大湖的总称。近代则称华中、华东五大著名湖泊,即洞庭湖、鄱阳湖、巢湖、洪泽湖和太湖。据张翰事迹,此处指太湖。

咸阳值雨

咸阳桥^①上雨如悬,万点空蒙^②隔钓船。还一作绝似洞庭^③春水色,晚云将入岳阳^④天。

弹筝^⑤人—作赠弹筝人

天宝^⑥年中事玉皇^⑦,曾将新曲教宁王^⑧。钿蝉^⑨金

---

① 咸阳桥,《明一统志》:西渭桥,在旧长安城西,唐时名咸阳桥。按:西渭桥,建于西汉建武三年,为都城长安通往茂陵的桥梁。因在渭河三桥中位置偏西,故称西渭桥。因与汉长安城便门相对,又称便门桥。故址在今陕西省咸阳市西南。
② 空蒙,烟雨迷茫的样子。谢朓诗:空蒙如薄雾,散漫似轻埃。
③ 洞庭,即洞庭湖,在湖南省境内,长江右岸。
④ 岳阳,《岳阳风土记》:岳阳楼,城西门楼也,下瞰洞庭,景物宽阔。
⑤ 筝,拨弦乐器。
⑥ 天宝,唐玄宗年号。
⑦ 玉皇,道教称天帝为玉皇大帝,简称玉皇或玉帝。因唐玄宗李隆基崇尚道教,这里用"玉皇"借指唐玄宗。
⑧ 新曲教宁王,《新唐书》:凉州献新曲,帝御便坐,召诸王观之。宪曰:"曲虽佳,然宫离而不属,商乱而暴,君卑逼下,臣僭犯上……臣恐一日有播迁之祸。"帝默然。及安史乱,世乃思宪审音云。
⑨ 钿蝉,筝饰,蝉形金花。

雁^①今一作皆零落，一曲《伊州》^②泪万行。

瑶瑟^③怨

冰簟银床梦不成，碧天如水夜云轻。雁声远过一作还向潇湘^④去，十二楼中月自明。

渭上题三首（录一）

烟水何曾息世机，暂时相向亦依依。所嗟白首磻溪叟^⑤，一下渔舟更不归。

---

① 金雁，对筝柱的美称。筝柱斜列如雁行，故称。
② 《伊州》，《乐府诗集》：《伊州》，商调曲，西京节度盖嘉运所进也。
③ 瑶瑟，用美玉装饰的瑟。瑟，拨弦乐器，古五十弦，后有二十五弦，弦各有柱，可上下移动，以定音之清浊高下。
④ 潇湘，见《南湖》注。
⑤ 磻溪叟，周朝吕尚，即姜太公。太公望吕尚者，其先祖封于吕，或封于申，姓姜氏。周西伯猎，遇太公于渭之阳，与语，大悦，载与俱归，立为师。磻，pán。《尚书大传》：周文王至磻溪，见吕望。《水经注》：（磻）溪中有泉，谓之兹泉。泉水潭积，自成渊渚，即《吕氏春秋》所谓"太公钓兹泉"也。……东南隅有石室，盖太公所居也。水次平石钓处，即太公垂钓之所也。按：磻溪，在陕西省宝鸡市东南，源出南山，北流入渭水。相传吕尚垂钓于此而遇周文王。

经故翰林袁学士居

剑逐惊波玉委尘,^①谢安^②门下更何人。西州^③城外花千树,尽是羊昙^④醉后春。

题城南杜邠公^⑤林亭 时公镇淮南,自西蜀移节

卓氏垆^⑥前金线柳,隋家堤^⑦畔锦帆风。贪为两

---

① "剑逐"句,喻袁学士已死,如剑之失、玉之埋。《晋书》:(雷焕)得……双剑,……遣使送一剑并土与(张)华,留一自佩……焕卒,子华为州从事,持剑行经延平津,剑忽于腰间跃出堕水。使人没水取之,不见剑,但见两龙各长数丈,蟠萦有文章,没者惧而反。须臾光彩照水,波浪惊沸,于是失剑。《世说》:庾文康亡,何扬州临葬,云:"埋玉树箸土中,使人情何能已已!"
② 谢安,见《谢公墅歌》注。此处借指袁学士。
③ 西州,晋扬州刺史治所,在今江苏省南京市江宁区。谢安曾领扬州刺史。此处借指袁学士故居。
④ 羊昙,谢安外甥。《晋书》:羊昙者,太山人,知名士也,为安所爱重。安薨后,辍乐弥年,行不由西州路。尝因石头大醉,扶路唱乐,不觉至州门。左右白曰:"此西州门。"昙悲感不已,以马策扣扉,诵曹子建诗曰:"生存华屋处,零落归山丘。"恸哭而去。
⑤ 杜邠公,即杜悰。选尚公主。会昌中,拜中书侍郎、同平章事。大中初出镇西川。俄复入相,加太傅、邠国公。
⑥ 卓氏垆,《史记》:相如之临邛……买一酒舍酤酒,而令文君当垆。相如……涤器于市中。此句切杜悰镇西川。
⑦ 隋家堤,又称隋堤,即隋朝大运河河堤。《隋书》:(炀帝)自板渚引河,达于淮海,谓之御河。河畔筑御道,树以柳。此句切杜悰移镇淮南。

地分霖雨①,不见池莲照水红。②

宿城南亡友别墅

水流花落叹浮生,又伴游人宿杜城③。还似昔年残梦里,透帘斜月独闻莺。

过分水岭④

溪水无情似有情,入山三日得同行。岭头便是分头处,惜别潺湲⑤一夜声。

---

① 两地分霖雨,《尚书》:若岁大旱,用汝作霖雨。按:此言杜公自西蜀移节来镇淮南,故首句以卓垆指蜀,次句以隋堤指淮南。
② "不见"句,谓杜悰因出镇西川、淮南而见不到长安城南池亭中的莲花,实则暗寓自己有入杜悰幕之意。按:《全唐诗话》:杜悰自西川除淮海,庭筠诣韦曲杜氏林亭,留诗……邠公闻之,遗绢千匹。
③ 杜城,在今陕西省西安市南。
④ 分水岭,在今陕西省略阳县。《大明一统志》:分水岭,在略阳县东南八十里,岭下水分东西流。
⑤ 潺湲,水流貌。屈原《九歌》:观流水兮潺湲。

题河中紫极宫 ①

昔年曾伴玉真②游，每到仙宫即是秋。曼倩③不归花落尽，满丛烟露月当楼。

赠张炼师 ④

丹溪药尽变金骨，清洛⑤月寒吹玉笙⑥。他日隐居无访处，碧桃花发水纵横。⑦

---

① 河中，河中府，在今山西省永济市。地处黄河中游，故名。紫极宫，《旧唐书》：（天宝二年三月）改西京玄元庙为太清宫，东京为太微宫，天下诸郡为紫极宫。
② 玉真，仙人，唐诗中多特指仙女。此处借指道观中的女道士。李白诗：玉真之仙人，时往太华峰。
③ 曼倩，东方朔的字。唐代道教有关的诗歌中，多借指男道士或与女道士有恋情的人。《博物志》：世人谓方朔神仙也。
④ 炼师，道士修行德高思精者。
⑤ 洛，水名，出陕西省洛南县，东流入河南省，至洛口入黄河。
⑥ 笙，管乐器。
⑦ "碧桃"句，陶渊明《桃花源记》：晋太元中，武陵人捕鱼为业，缘溪行，忘路之远近，忽逢桃花林。夹岸数百步，中无杂树，芳草鲜美，落英缤纷。……问今是何世，乃不知有汉，无论魏晋。……太守即遣人随其往，寻向所志，遂迷，不复得路。后用桃花源指隐居之处，又指仙境。

温庭筠诗

过华清宫①二十二韵

忆昔开元②日,承平③事胜游。贵妃专宠幸④,天子富春秋⑤。月白霓裳殿⑥,风干羯鼓楼⑦。斗鸡花蔽膝,⑧

---

① 华清宫,在陕西省西安市临潼区骊山上。上有温泉,唐贞观十八年于此建汤泉宫,天宝六载扩建,改为华清宫。治汤为池,环山列宫殿。禄山乱后,罕复游幸。唐末圮废。
② 开元,唐玄宗年号。
③ 承平,言相承太平之世。《汉书》:累世承平。
④ 专宠幸,《新唐书》:妃姿质天挺……专房宴,宫中号"娘子",仪体与皇后等。天宝初,进册贵妃。白居易诗:后宫佳丽三千人,三千宠爱在一身。
⑤ 富春秋,犹言年富力强。《汉书》:昭帝富于春秋。
⑥ 霓裳殿,舞《霓裳羽衣曲》之殿。
⑦ 羯鼓楼,《十道志》:玄宗建温泉宫,又造玉女殿,又有按歌台、羯鼓楼。南卓《羯鼓录》:羯鼓出外夷乐,以戎羯之鼓,故曰羯鼓。其声噍杀鸣烈,尤宜促曲急破。破空透远,特异众乐。玄宗特钟爱焉。曾听弹琴,正弄未及毕,谓内官曰:"速召花奴将羯鼓来,为我解秽。"
⑧ "斗鸡"句,蔽膝,今谓之护膝,跪拜所用者。此处当是斗鸡时所用。《太平广记》:玄宗治鸡坊,以贾昌为五百小儿长。衣斗鸡服,会玄宗于温泉,当时天下号为神鸡童。昌冠雕翠金华冠,锦袖绣襦袴。导群鸡,叙立于广场。

骑马玉搔头。①绣毂②千门妓③,金鞍万户侯。薄云欹一作欺雀扇④,轻雪犯貂裘。过客闻韶濩⑤,居人识冕旒⑥。气和春不觉,烟暖霁难收。涩浪涵瑶甃,⑦晴阳上彩斿⑧。卷衣轻鬒⑨一作髻懒,窥镜澹蛾羞。⑩屏

---

① "骑马"句,指唐玄宗、杨贵妃与杨氏兄妹等赴华清宫的盛况。《旧唐书》:玄宗凡有游幸,贵妃无不随侍,乘马则高力士执辔授鞭。《西京杂记》:武帝过李夫人,就取玉簪搔头。自此后,宫人搔头皆用玉,玉价倍贵焉。
② 绣毂,装饰华丽的车辆。毂,gǔ。
③ 千门妓,指唐玄宗亲自教习的梨园弟子。
④ 雀扇,羽毛扇,皇家仪仗。《南史》:上颇好画扇。宋孝武赐戬蝉雀扇,善画者顾景秀所画。时吴郡陆探微、顾宝先皆能画,叹其巧绝。戬因王晏献之,上令晏厚酬其意。
⑤ 韶濩,此处泛指宫廷之乐。《资治通鉴》注:舜乐曰《韶》,汤乐曰《濩》。《文献通考》:唐旧制:承平无事,三二岁必于盛春殿内赐宴宰相及百辟,备《韶》《濩》九奏之乐,设鱼龙曼延之戏,连三日,抵暮方罢。
⑥ 冕旒,皇冠。此处借指唐玄宗。
⑦ "涩浪"句,古代宫墙基垒石凹入,作水纹状,谓之涩浪。瑶甃,指用美石砌成的浴池。此处指温泉池。甃,zhòu。《天宝遗事》:奉御汤中布以文瑶密石,中央有玉莲,汤泉涌以成池。帝与贵妃施小舟,戏玩于其间。
⑧ 彩斿,即彩旒。旗帜上的彩色飘带。借指彩旗。此处指皇帝仪仗。斿,liú,古代旌旗下垂的飘带等饰物,亦泛指旌旗。欧阳建诗:虬龙万里腾虹剑,蘋蓼千花映彩斿。
⑨ 轻鬒,薄的鬓发。沈满愿诗:轻鬒学浮云。
⑩ "窥镜"句,杜甫诗:却嫌脂粉涴颜色,淡扫蛾眉朝至尊。

掩芙蓉帐，帘搴①玳瑁钩。重瞳分渭曲，②纤手指神州。③御案迷萱草，④天袍妒石榴⑤。深岩藏浴凤⑥，鲜隰媚潜虬。⑦（以上叙开元盛时事）

---

① 搴，同"褰"，犹揭。
② "重瞳"句，言唐玄宗站在骊山上远眺，可以看清渭水的弯曲处。重瞳，眼睛中有两个眸子。因为舜重瞳，这里用来借指唐玄宗。分，分辨。渭曲，渭水的弯曲处。
③ "纤手"句，纤手，女子柔细的手。此处指贵妃。神州，指京都。此处指长安。宋之问诗：绮罗纤手制，桃李向春开。左思诗：皓天舒白日，灵景耀神州。按："重瞳""纤手"二句，指唐玄宗和杨贵妃同登骊山指点长安与周围地区。
④ "御案"句，以御案上迷失萱草而忘忧比喻唐玄宗沉溺于杨贵妃而不理朝政。《天宝遗事》：明皇与贵妃幸华清宫，因宿酒初醒，凭妃子肩，同看木芍药。上亲折一枝与妃子，曰："不唯萱草忘忧，此花香艳，尤能醒酒。"
⑤ 妒石榴，梁元帝诗：芙蓉为带石榴裙。万楚诗：红裙妒杀石榴花。
⑥ 凤，传说中的神鸟。此处喻贵妃。《说文解字》：凤，神鸟也……过昆仑，饮砥柱。濯羽弱水，莫宿风穴。
⑦ "鲜隰"句，谢灵运诗：潜虬媚幽姿。《安禄山事迹》：玄宗尝夜宴禄山，禄山醉卧，化为一黑猪而龙首。左右遽言之，玄宗曰："此猪龙也，无能为者。"禄山将入朝，乃令于温泉为禄山造宅，至温泉赐浴。十载正月一日是禄山生日。后三日，召禄山入内，贵妃以绣绷子绷禄山，令内人以彩舆昇之，欢呼动地。玄宗就观之，大悦。按："深岩""鲜隰"二句，一指贵妃，一指禄山，隐含讽刺。

不料邯郸虱①，俄成即墨牛②。剑锋挥太皞，③旗焰拂蚩尤。④内嬖陪行在，⑤孤臣预坐筹。⑥瑶簪遗

---

① 邯郸虱，邯郸如同口中之虱。喻极易吞并之敌。此处喻安史叛军。《齐东野语》：应侯谓秦王曰："得宛，临流阳夏，断河内，临东阳邯郸，犹口中虱。"
② 即墨牛，喻难以抵挡之敌。此处喻安史叛军。《史记》：田单乃收城中（即墨）得千余牛，为绛缯衣，画以五彩龙文，束兵刃于其角，而灌脂束苇于尾，烧其端。……牛尾热，怒而奔燕军……所触尽死伤。
③ "剑锋"句，谓安禄山叛乱如挥太阿之剑，锋芒所及，流血千里。太皞，疑指太阿之剑。《越绝书》：作为铁剑三枚……晋、郑王闻而求之，不得，兴师围楚之城，三年不解……于是楚王闻之，引泰阿之剑，登城而麾之。三军破败，士卒迷惑，流血千里……晋、郑之头毕白。
④ "旗焰"句，谓安禄山叛军气焰嚣张。蚩尤，喻叛臣，蚩尤旗为变乱之象征。《古今韵会举要》：蚩尤冢在东平，民常十月祀之，有赤气出，如匹绛帛，名蚩尤旗。又：蚩尤，黄帝臣，明天文，后乃叛。……大战涿鹿之野，杀之，今书其形于旗上。按："不料"四句，谓禄山之叛。
⑤ "内嬖"句，谓贵妃随明皇出亡。内嬖，内宠。行在，天子或在京师，或出巡狩，不可预定，故言行在所。此处指马嵬驿。
⑥ "孤臣"句，指陈玄礼密启诛杨氏。《旧唐书》：禄山叛……及潼关失守，（贵妃）从幸至马嵬，禁军大将陈玄礼密启太子，诛国忠父子。既而四军不散，玄宗遣力士宣问，对曰"贼本尚在"，盖指贵妃也。力士复奏，帝不获已，与妃诀，遂缢死于佛室。时年三十八。

翡翠，①霜仗驻骅骝②。艳笑双飞③断，香魂一哭休。早梅悲蜀道，④高树隔昭丘⑤。朱阁重霄近，苍崖万古愁。至今汤殿水，呜咽县前流。⑥（以上叙禄山乱后事）

---

① "瑶簪"句，谓杨贵妃被赐死而首饰散落在地。《异物志》：翠鸟形如燕，赤而雄曰翡，青而雌曰翠。《后汉书》：簪以玳瑁为擿，长一尺，端为华胜，上为凤皇爵，以翡翠为毛羽。姚翻诗：风摇翡翠簪。
② "霜仗"句，言四军不进。霜仗，闪耀兵刃寒光的仪仗。骅骝，周穆王八骏之一，色如华而赤。今名马骠赤者为枣骝。泛指骏马。
③ 双飞，《晋书》：比翼白屋，双飞紫阁。按："艳笑""香魂"二句，谓国忠、贵妃之死。
④ "早梅"句，言第二年唐玄宗返京途中经过蜀道，正值早梅开放。卢僎诗：君不见巴乡气候与华别，年年十月梅花发。李白诗：噫吁嚱，危乎高哉！蜀道之难，难于上青天。
⑤ 昭丘，当指昭陵，喻贵妃葬处。《通鉴》：葬文德皇后于昭陵。……上念后不已，于苑中作层观以望昭陵。古注：昭陵，在京兆醴泉县西北六十里。按：贵妃死，瘗于驿西道侧，上皇自蜀还，密令中使改葬于他所。"早梅""高树"二句，谓上皇幸蜀，归时改葬贵妃他所。
⑥ "呜咽"句，呜咽，泣声。县，即今陕西省西安市临潼区。骊山在临潼区东南，其阳即蓝田山，其北麓有温泉，华清宫在此。

巫山神女庙 ①

黯黯②闭宫殿，霏霏③荫薜萝④。晓峰眉上色，⑤春水脸前波。⑥古树芳菲⑦尽，扁舟离恨多。一丛斑竹⑧夜，环佩响如何！⑨

地肺山⑩春日

苒苒⑪花明岸，涓涓⑫水绕山。几时抛俗事，来

---

① 巫山神女庙，巫山在今重庆市巫山县东，即巫峡，巴山山脉特起处。有十二峰，峰下有神女庙。《水经注》：丹山西即巫山者也。又帝女居焉。宋玉所谓天帝之季女，名为瑶姬。……旦为行云，暮为行雨，朝朝暮暮，阳台之下。旦早视之，果如其言。故为立庙，号朝云焉。《方舆胜览》：神女庙。在巫山县西北二百五十步，有阳台。
② 黯黯，深黑貌。
③ 霏霏，雨雪盛貌。
④ 薜萝，薜荔和女萝。野生植物，常攀缘于山野林木或屋壁之上。
⑤ "晓峰"句，《飞燕外传》：为薄眉，号远山黛。
⑥ "春水"句，宋玉《神女赋》：望余帷而延视兮，若流波之将澜。
⑦ 芳菲，香花芳草。庾肩吾诗：佳期竟不归，春日坐芳菲。
⑧ 斑竹，《博物志》：舜之二妃曰湘夫人。舜崩，二妃啼，以涕挥竹，竹尽斑。
⑨ "环佩"句，杜甫诗：环佩空归月夜魂。
⑩ 地肺山，当指秦末汉初四皓隐居地商山，在今陕西省商洛市商州区东南。《高士传》：四皓……乃共入商雒，隐地肺山。
⑪ 苒苒，花草盛貌。
⑫ 涓涓，小流貌。

共白云闲!

处士卢岵山居一作题卢处士居

西溪问樵客,遥识楚一作主人家。古树连老石,急泉清露沙。千峰随雨暗,一径入云斜。日暮雀飞一作飞鸟散,满庭一作山荞麦①花。

早秋山居

山近觉寒早,草堂霜气晴。树凋②窗有日,池满水无声。果落见猿过,叶干闻鹿行。素琴③机虑静,空伴夜泉清。

赠越僧岳云二首(录一)

兰亭④旧都讲⑤,今日意如何?有树关深院,无

---

① 荞麦,一名乌麦,苗高一二尺,赤茎,开小白花,实有三棱,老则黑。以其子磨粉,亚于麦面。
② 凋,残,零落。《论语》:岁寒,然后知松柏之后凋也。
③ 素琴,不加装饰的琴。
④ 兰亭,在浙江省绍兴市西南兰渚山下。《海录碎事》:山阴县西南二十里有兰渚,渚有亭曰兰亭,羲之旧迹。何延之《兰亭始末记》:琅琊王羲之……永和九年三月三日,宦游山阴。……四十有二人,修祓禊之礼。
⑤ 都讲,魏晋以后,佛家开讲佛经,一人唱经,一人解释。唱经者称都讲,解释者称法师。此处指越僧岳云。《世说》:支道林、许掾诸人共在会稽王斋头,支为法师,许为都讲。

尘到浅莎—作沙。僧居随处好,人事出门多。不及新春雁,年年镜水①波。

咏山鸡②

万壑动晴景,山禽凌③翠微④。绣翎⑤翻草去,红嘴啄花归。巢暖碧云色,影孤清镜辉。⑥不知春树伴,何处又分飞?

商山⑦早行

晨起动征铎⑧,客行悲故乡。鸡声茅店月,人

---

① 镜水,谓镜湖。见《南湖》注。《太平寰宇记》:山阴南湖,萦带郊郭,白水翠岩,互相映发若图画。故逸少云:"山阴路上行,如在镜中游耳。"按:南湖,即镜湖。
② 山鸡,鸟名,形似雉,雄者全身红黄,有黑斑,尾长;雌者黑色微赤,尾短。传说山鸡自爱其羽毛,常照水而舞。
③ 凌,升高,登上。
④ 翠微,见《利州南渡》注。此处代指青翠缥缈的山。
⑤ 绣翎,五彩的羽毛。
⑥ "影孤"句,《异苑》:山鸡爱其毛羽,映水则舞。魏武时,南方献之,帝欲其鸣舞而无由。公子苍舒令置大镜其前,鸡鉴形而舞,不知止,遂乏死。
⑦ 商山,又名商岭、商坂、楚山、地肺山。见《地肺山春日》注。
⑧ 征铎,远行车马所挂的铃铛。铎,铃铛。

迹板桥①霜。槲②叶落山路，枳③花明驿④墙。因思杜陵⑤梦，凫雁⑥满回塘。

题竹谷神祠

苍苍⑦松竹一作色晚，一径入荒祠。古树风吹马，虚廊⑧日照旗。烟煤朝奠处，风一作云雨夜归时。寂寞东湖一作湘江客，空看蒋帝⑨碑。

---

① 板桥，泛指山间道路上木板架设的桥。乐府《三洲歌》：送欢板桥弯。
② 槲，hú，落叶乔木，叶子倒卵形，花黄褐色，结坚果，球形，木材坚硬。树皮可制栲胶。叶子和果实可入药。
③ 枳，zhǐ，木似橘而小，枝多刺，花白色，秋间实熟，果小味酸，可入药。
④ 驿，驿站，旧时传递文书、官员来往等中途暂息、住宿的地方。
⑤ 杜陵，地名。在今陕西省西安市东南。古为杜伯国，秦置杜县，因汉宣帝筑陵于东原上，后改名杜陵。《汉书》：元康元年春，以杜东原上为初陵，更名杜县为杜陵。《三辅黄图》：宣帝杜陵，在长安城南五十里。
⑥ 凫雁，鸭与鹅。
⑦ 苍苍，深青貌。
⑧ 廊，见《法云双桧》注。
⑨ 蒋帝，《搜神记》：蒋子文者，广陵人也。嗜酒好色，挑达无度，常自谓己青骨，死当为神。汉末为秣陵尉，逐贼至钟山下，为贼击伤额，因解绶缚之，有顷遂死。《太平寰宇记》：帝诏立庙钟山，封子文为蒋侯，改钟山为蒋山。

送人东游一作归

荒戍落黄叶①,浩然②离故关③。高风汉阳④渡,初日郢门山⑤。江上几人在,天涯孤棹还。何当重相见,尊酒⑥慰离颜。

偶题

孔雀⑦眠高阁一作树,樱桃⑧拂短檐。画明金冉

---

① 落黄叶,《礼记》:季秋之月……草木黄落。
② 浩然,不可阻挡、无所留恋的样子。
③ 故关,指"荒戍",即荒废的旧关。
④ 汉阳,治今湖北省武汉市汉阳区。
⑤ 郢门山,即荆门山。《大明一统志》:荆门山。在宜都县西北五十里大江南,与虎牙山相对。按:荆门山,在今湖北省宜都市西北,长江南岸,隔江与北岸虎牙山相对,上合下开,为长江绝险处。
⑥ 尊酒,犹杯酒。尊,同"樽",酒器。
⑦ 孔雀,鸟,产于热带。《太平广记》:罗州山中多孔雀,群飞者数十为偶。雌者尾短,无金翠。雄者生三年,有小尾,五年成大尾。始春而生,三四月后复凋,与花萼相荣衰。然自喜其尾而甚妒,凡欲山栖,必先择有置尾之地,然后止焉。
⑧ 樱桃,又名含桃,落叶乔木,春夏之交开小白花如梅,实如小球,熟则红,可食。

冉,①筝语玉纤纤②。细雨无妨烛,轻寒不隔帘。欲将红锦段③,因梦寄江淹。④

寄山中人

月中一双鹤⑤,石上千尺松。素琴入爽籁,⑥山酒和春容。幽瀑⑦有时断,片云无所从。何事苏门生⑧一作啸,携手东南峰⑨。

---

① "画明"句,冉冉,光亮闪动的样子。《画苑》:唐人画工多用泥金涂之。
② 纤纤,形容弹筝女子的手细长柔软。《古诗十九首》:娥娥红粉妆,纤纤出素手。
③ 红锦段,此处比喻思慕之情。张衡诗:美人赠我锦绣段。
④ "因梦"句,活用江淹典故,言女子欲因梦寄托思慕之情。江淹,诗人自指。《南史》:(江淹)夜梦一人自称张景阳,谓曰:"前以一匹锦相寄,今可见还。"淹探怀中得数尺与之……自尔淹文章踬矣。
⑤ 双鹤,《初学记》:荥阳郡南百余里有兰岩,常有双鹤,素羽皦然,日夕偶影翔集。传云昔夫妇俱隐此,年数百岁,化成此鹤。
⑥ "素琴"句,爽籁,指清风。嵇康诗:习习谷风,吹我素琴。
⑦ 瀑,飞泉悬水。
⑧ 苏门生,指孙登,借指山中人。《晋书》:(阮)籍尝于苏门山遇孙登,与商略终古及栖神导气之术,登皆不应,籍因长啸而退。至半岭,闻有声若鸾凤之音,响乎岩谷,乃登之啸也。
⑨ 东南峰,指山中人所居之峰。李白诗:庐山东南五老峰。

赠僧云栖

麈尾①与筇杖②,几年离石坛。梵余③林雪厚,棋罢岳钟残。开卷喜先悟,漱瓶知早寒。④衡阳⑤寺前雁,今日到长安⑥。

题造微禅师院

夜香闻偈⑦后,岑寂掩双扉⑧。照竹灯和雪,看

---

① 麈尾,指僧人所执之拂尘。《名苑》:鹿之大者曰麈,群鹿随之,皆视麈所往,麈尾所转为准。古之谈者挥焉,良有是也。见《秘书刘尚书挽歌词二首》注。
② 筇杖,《汉书》:(张)骞曰:"臣在大夏时,见邛竹杖、蜀布。"古注:邛,山名。此生竹,高节,可作杖。按:麈尾、竹杖,为僧人谈论或行走时所执持,借指僧云栖。
③ 梵余,谓梵呗之余。梵,梵呗,佛教谓作法事时的歌咏赞颂之声。《异苑》:陈思王曹植,字子建,尝登鱼山,临东阿,忽闻岩岫里有诵经声,清通深亮,远谷流响,肃然有灵气。不觉敛衿祗敬,便有终焉之志,即效而则之。今之梵唱,皆植依拟所造。
④ "漱瓶"句,《淮南子》:睹瓶中之冰,而知天下之寒。
⑤ 衡阳,古县名,今衡阳市,在湖南省。《太平寰宇记》:回雁峰,衡山之南峰也。雁到此不过而回,故曰回雁峰。
⑥ 长安,古都城名,始于汉,故城在今陕西省西安市西北。今为陕西省省会,即西安市。
⑦ 偈,见《寄清源寺僧》注。
⑧ 扉,fēi,门扇。

松月到衣。草堂①疏磬断，江寺故人稀。惟忆湘南雨，春风独鸟归。

卢氏池上遇雨赠同游

簟翻②凉气集，溪上润残棋。萍皱风来后，荷喧雨到时。寂寥闲望久，飘洒③独归迟。无限松江恨④，烦君解钓丝。

过新丰⑤

一剑乘时帝业成，⑥沛中⑦乡里到咸京⑧。寰区⑨

---

① 草堂，茅草盖的堂屋。梁简文帝《草堂传》：周颙……以蜀草堂寺林壑可怀，乃于钟岭雷次宗学馆立寺，因名草堂，亦号山茨。
② 簟翻，形容雨帘飘翻如同竹席翻动。簟，diàn，竹席。温庭筠诗：凉簟雨来时。李商隐诗：帷飘白玉堂，簟卷碧牙床。
③ 飘洒，风飘雨洒。
④ 松江恨，指怀念旧乡而不得归的遗憾。诗人曾居住在松江一带。松江，水名，即今吴淞江，太湖之支流。杜甫诗：剪取吴淞半江水。
⑤ 新丰，故城在今陕西省西安市临潼区东北。《汉书》：新丰。古注：秦曰骊邑，高祖七年置。《三辅旧事》：太上皇不乐关中，思慕乡里，高祖徙丰、沛屠儿卖饼商人，立为新丰县。
⑥ "一剑"句，《汉书》：汉亡尺土之阶，由一剑之任，五载而成帝业。
⑦ 沛中，即沛县，秦置，今江苏省徐州市沛县。《史记》：高祖，沛丰邑中阳里人。
⑧ 咸京，秦都咸阳。此处借指长安。
⑨ 寰区，天下，全国。

已作皇居贵,风月犹含白社①情。泗水旧亭②春一作秋草遍一作变,千门遗瓦古苔生。至今留得离家恨,鸡犬相闻落照明。③

过潼关④

地形盘屈带河流,⑤景气澄明是胜游。十里晓鸡关树暗一作静,⑥一行寒雁⑦陇云⑧愁。片时无事溪泉

---

① 白社,即枌榆社,汉高祖刘邦故乡里社名。此处泛指故乡。《汉书》:高祖祷丰枌榆社。古注:枌榆,乡名也。社在枌榆。又:枌,白榆也。社在丰东北十五里。
② 泗水旧亭,泗水亭,在今江苏省沛县东。《汉书》:(高祖)为泗上亭长。
③ "至今"二句,言汉高祖与其父亲离开家乡的遗憾,至今似乎仍然遗留在新丰古镇的鸡犬相闻声和残阳落照中。《西京杂记》:高帝既作新丰,并移旧社,衢巷栋宇,物色惟旧。士女老幼,相携路首,各知其室。放犬羊鸡鸭于通途,亦竞识其家。
④ 潼关,古称桃林塞,在今陕西省渭南市潼关县。东汉建安中始建潼关,西薄华山,南临商岭,北距黄河,东接桃林,历代皆为要地。
⑤ "地形"句,带河流,谓黄河如带。《佩文韵府》:秦地多复杳,四面积高,故曰雍。班固《西都赋》:带以洪河泾渭之川。
⑥ "十里"句,《史记》:关法,鸡鸣而出客。
⑦ 一行寒雁,杜甫诗:塞雁一行鸣。
⑧ 陇云,陇山一带的云。陇,指陇山,古称陇坻、陇首、陇坂,在今陕西省陇县西南。地势险要,古为关中地区西部屏障,有"秦雍咽喉"之称。《后汉书》注:陇山东西百八十里。登山岭,东望秦川四五百里,极目泯然。山东人行役升此而顾瞻者,莫不悲思。

好,尽日凝眸岳①色秋。麈尾②角巾③应旷望,更嗟芳霭④隔秦楼。

苏武庙

苏武⑤魂销汉使前⑥,古祠高树两茫然。云边雁断一作落胡天月,陇上羊归⑦塞草烟。回日楼台非甲帐⑧,去时冠剑是丁年⑨。茂陵⑩不见封侯印,空向秋波哭逝川。

---

① 岳,应指西岳华山,又名华岳,在潼关西。
② 麈尾,见《秘书刘尚书挽歌词二首》注。
③ 角巾,巾之有棱角者,古隐居之服。《晋书》:(羊祜)与从弟琇书曰:"既定边事,当角巾东路,归故里。"见《题李处士幽居》注。
④ 芳霭,云雾的美称。霭,ǎi,云气,烟雾。
⑤ 苏武,见《达摩支曲》注。
⑥ 魂销汉使前,《汉书》:昭帝即位。数年,匈奴与汉和亲。汉求(苏)武等,匈奴诡言武死。后汉使复至匈奴,常惠请其守者与俱,得夜见汉使,具自陈道。教使者谓单于,言天子射上林中,得雁,足有系帛书,言武等在某泽中。使者大喜,如惠语以让单于。江淹《别赋》:黯然销魂者,唯别而已矣。
⑦ 羊归,《汉书》:(匈奴)徙武北海上无人处,使牧羝,羝乳乃得归。
⑧ 甲帐,《太平御览》:上以琉璃、珠玉、明月、夜光,错杂天下珍宝为甲帐,其次为乙帐。甲以居神,乙以自居。
⑨ 丁年,丁壮之年。李陵《答苏武书》:丁年奉使,皓首而归。
⑩ 茂陵,汉武帝陵墓,在今陕西省兴平市东北。

寄岳州李员外远

含嚬^①不语坐持颐^②,天近—作远楼^③高宋玉悲^④。湖^⑤上残棋人散后,岳阳微雨鸟来—作归迟。早梅犹得回歌扇,^⑥春水还应理钓丝。独有袁宏^⑦易—作正憔悴^⑧,一樽惆怅落花时。

春日访李十四处士

花深桥转水潺潺^⑨,甪里先生^⑩自闭关^⑪。看竹已

---

① 含嚬,见《谢公墅歌》注。
② 持颐,以手托腮。
③ 楼,此处应指岳阳楼。
④ 宋玉悲,宋玉《九辩》:悲哉,秋之为气也! 按:宋玉,此处借指李员外。
⑤ 湖,此处应指洞庭湖。
⑥ "早梅"句,李贺诗:渡口梅风歌扇薄。
⑦ 袁宏,此处应为诗人自指。《晋书》:袁宏字彦伯……谢尚时镇牛渚,秋夜乘月,率尔与左右微服泛江。会宏在舫中讽咏,声既清会,辞又藻拔,遂驻听久之。遣问焉,答云:"是袁临汝郎诵诗。"
⑧ 憔悴,qiáocuì,忧貌。屈原《渔父》:颜色憔悴。
⑨ 潺潺,水流貌。又,水声。潺,chán。
⑩ 甪里先生,汉初隐士。商山四皓之一。此处借指李处士。甪,lù。
⑪ 闭关,谓闭门谢客。

知行处好,^①望云空一作定得暂时闲。^②谁言有策堪经世,自是无钱可买山^③。一局残棋千点雨,绿萍池上暮方还。^④

雪二首(录一)

砚水池先冻,窗风酒易销。鸦声出山郭,人迹过村桥。稍急方萦转^⑤,才深未寂寥。细光穿暗隙,轻白驻寒条^⑥。草静封还拆,松欹^⑦堕复摇。谢庄^⑧今

---

① "看竹"句,行处,随处,到处。《晋书》:时吴中一士大夫家有好竹,欲观之,便出坐舆造竹下,讽啸良久。主人洒扫请坐,(王)徽之不顾。将出,主人乃闭门。徽之便以此赏之,尽欢而去。
② "望云"句,悠悠飘浮的白云是闲逸自在、无拘无束的象征,故云"暂时闲"。陶渊明《归去来兮辞》:云无心以出岫,鸟倦飞而知还。
③ 买山,《高僧传》:支遁遣使求买仰山之侧沃洲小岭,欲为幽栖之处。(竺)潜答云:"欲来辄给,岂闻巢、由买山而隐。"
④ "一局"二句,言诗人与李处士在池边对弈,正遇下雨,而棋兴方浓,一局残棋,至暮方还。《三国志》:(王粲)观人围棋,局坏,粲为覆之。棋者不信,以帕盖局,使更以他局为之。用相比校,不误一道。
⑤ 萦转,回旋环绕。
⑥ 寒条,冬天的枝条。
⑦ 欹,qī,倾侧。
⑧ 谢庄,南朝宋文学家,字希逸,七岁能属文,仕至金紫光禄大夫。《南史》:(谢庄)与大司马江夏王义恭笺,自陈"……眼患,五月来便不复得夜坐,恒闭帷避风"。

病眼，无意坐通宵。

龙尾①驿妇人图

慢笑开元有幸臣②，直教天子到蒙尘③。今来看画犹如此，何况亲逢绝世人。

寒食④节日寄楚望二首（录一）

芳兰无意绿，弱柳何穷缕⑤。心断入淮山⑥，梦长穿楚雨⑦。繁花如二八，好月当三五。⑧愁碧竟平

---

① 龙尾，《新唐书》：（禄山）每过朝堂龙尾道，南北睥睨，久乃去。王建诗：上得青炱龙尾道。按：龙尾道，殿前甬道。龙尾驿当另有其地。因见龙尾驿之妇人图，而涉及当年龙尾道之安禄山故事。诗人认为这是由天子幸臣高力士引入杨贵妃事引起的。
② 幸臣，帝王宠幸之臣，含贬义。
③ 蒙尘，天子失位，奔走四方，蒙受风尘。
④ 寒食，相传晋文公焚林求介之推，之推抱木而死，文公哀之，禁人是日举火，后世始有寒食之俗。《荆楚岁时记》：去冬至节一百五日，即有疾风甚雨，谓之寒食，禁火三日。
⑤ 缕，线，丝缕。
⑥ 淮山，古代山名，淮水的发源地。此处泛指山。李白诗：思君楚水南，望君淮山北。
⑦ 楚雨，楚地的雨。此处泛指雨。韩翃诗：淮风生竹簟，楚雨移茶灶。
⑧ "繁花"二句，王僧孺诗：二八人如花，三五月如镜。

皋①,韶红②换幽圃。流莺隐圆树,乳燕喧余哺。旷望恋层台,离忧集环堵③。当年不自遣,晚得终何补。郑谷④有樵苏⑤,归来要腰斧。

杨柳枝⑥八首(录四)

宜春苑⑦外最长条,闲袅春风伴舞腰。⑧正是玉

---

① 平皋,水边平展之地。
② 韶红,美好鲜艳的春花。
③ 环堵,形容狭小、简陋的居室,言其贫穷。《礼记》:儒有一亩之宫,环堵之室。古注:堵长一丈,高一丈。面环一堵,为方一丈,故曰环堵,言其小也。
④ 郑谷,《汉书》:谷口郑子真不诎其志,耕于岩石之下,名震于京师。后来泛指隐居地。见《题李处士幽居》注。
⑤ 樵苏,取薪曰樵,取草曰苏。
⑥ 杨柳枝,《乐府诗集》:《杨柳枝》者,古题所谓《折杨柳》也。《太平御览》:《杨柳枝》曲者,白傅典杭州时所撰,寻进入教坊也。《全唐诗话》:樊素善歌,小蛮善舞,乐天赋诗有曰:"樱桃樊素口,杨柳小蛮腰。"
⑦ 宜春苑,古代苑囿名。秦在宜春宫东,汉称宜春下苑,即后世所称曲江池。故址在今陕西省西安市长安区南。庾信《春赋》:宜春苑中春已归。
⑧ "闲袅"句,袅有缭绕之意,如烟之状态曰袅。白居易诗:枝袅轻风似舞腰。

人①肠断处,一渠春水赤栏桥。②

苏小③门前柳万条,毵毵④金线拂平桥。黄莺不语东风起,深闭朱门伴细腰⑤。

馆娃宫⑥外邺城⑦西,远映征帆近拂堤⑧。系得王孙⑨归意切,不关春草绿萋萋⑩。

织锦机边莺语频,停梭垂泪忆征人。⑪塞门三月犹萧索,⑫纵有垂杨未觉春。

---

① 玉人,《晋书》:(卫玠)总角乘羊车入市,见者皆以为玉人。王子年《拾遗记》:(蜀)先主甘后……玉质柔肌,态媚容冶。先主召入绡帐中,于户外望者,如月下聚雪。河南献玉人,高三尺……后与玉人洁白齐润。后人多称妇女之美者曰玉人。
② "一渠"句,《类编长安志》:隋开皇三年,筑京城,引香积渠水,自赤栏桥,经第五桥,西北入京城。
③ 苏小,即苏小小。白居易诗:柳色春藏苏小家。见《苏小小歌》注。
④ 毵毵,sānsān,细长貌。宋徽宗诗:满街飞絮舞毵毵。
⑤ 细腰,言柳枝袅娜似少女的细腰。杜甫诗:隔户杨柳弱袅袅,恰似十五女儿腰。
⑥ 馆娃宫,白居易诗:馆娃宫暖日斜时。见《苏小小歌》注。
⑦ 邺城,见《达摩支曲》注。
⑧ 近拂堤,白居易诗:柳条无力魏王堤。
⑨ 王孙,贵人子孙。
⑩ 萋萋,草盛貌。《诗》:维叶萋萋。
⑪ "停梭"句,李白《乌夜啼》:停梭向人问故夫,欲说辽西泪如雨。
⑫ "塞门"句,塞门,犹边城。塞,sài,边界。萧索,有萧瑟之意,萧条瑟缩,故下句言"纵有垂杨未觉春"。王瑳诗:塞外无春色,上林柳已黄。

图书在版编目(CIP)数据

温庭筠诗 / 吴遁生选注；洪帅校订. —北京：商务印书馆，2022
(学生国学丛书新编 / 王宁主编)
ISBN 978-7-100-21310-3

Ⅰ. ①温⋯　Ⅱ. ①吴⋯　②洪⋯　Ⅲ. ①古典诗歌—诗集—中国—唐代　Ⅳ. ① I222.742

中国版本图书馆 CIP 数据核字（2022）第 111535 号

权利保留，侵权必究。

学生国学丛书新编
温庭筠诗
吴遁生　选注
洪　帅　校订

商 务 印 书 馆 出 版
（北京王府井大街36号　邮政编码100710）
商 务 印 书 馆 发 行
北京市十月印刷有限公司印刷
ISBN 978 - 7 - 100 - 21310 - 3

2022年9月第1版　　开本 787×1092　1/32
2022年9月北京第1次印刷　印张 3 3/8

定价：32.00 元